달의 노래

SEOUL, 2012

달의 노래

초판 제1쇄 발행일 2012년 3월 20일
초판 제2쇄 발행일 2016년 7월 20일
지은이 호다카 아키라 옮긴이 김미영
발행인 이원주 발행처 (주)시공사
주소 서울시 서초구 사임당로 82
전화 영업 2046-2800 편집 2046-2821~4
인터넷 홈페이지 www.sigongsa.com

ISBN 978-89-527-6461-4 43830
ISBN 978-89-527-5572-8 (세트)

*홈페이지 회원으로 가입하시면 다양한 혜택이 주어집니다.
*잘못 만들어진 책은 구입하신 서점에서 바꾸어 드립니다.

달의 노래

月のうた

호다카 아키라 지음
김미영 옮김

시공사

차례

별이

星月夜

빛나는

밤

그쪽이 아니야, 옆에서 말소리가 들렸다. 장바구니 모서리가 가볍게 부딪는가 싶어 보았더니, 요이치의 엄마였다.

"이쪽 게 더 좋아. 기계로 말린 건 못 써. 역시 햇볕에 말린 이와데야마(미야기 현 북서부, 다마쓰쿠리 군에 속했던 옛 마을의 이름으로, 현재는 오사키 시에 편입됨 : 옮긴이) 게 최고지."

요이치의 엄마는 눈앞에 있는 진열장에서 말린 두부 한 봉지를 집더니 "자, 타미 짱." 하며 내게 건넸다.

"그쪽 건 퍼석거려서 안 돼. 맛없어."

그러고는 자신의 장바구니에도 값이 더 비싼 제품을 한 봉지 넣으며 "미안, 생선회를 사서. 나 먼저 갈게." 하더니 멀어졌다. 안녕하세요, 인사 한마디 할 틈도 없었다.

요이치의 엄마를 다시 발견한 건 계산대 앞 긴 줄에 섰을 때다. 유리 너머로 밖을 내다보는데, 기모노 차림이라 금방 눈에 띄었다.

장마가 잠깐 주춤한 날씨에 하늘색 기모노. 나는 왼쪽으로 고개를 돌리며 통유리가 끝나는 지점까지 그 모습을 눈으로 좇았다. 그러다 뒤에 서 있던 파마머리 아줌마에게 앞으로 좀 붙으라고 한 소리 들었다.

집에 돌아오는 길에 '말린 두부'의 유래를 떠올려 보았다.

"겨울철에 밖에 내놓고 매달아 두는 거야. 그럼 추워서 얼겠지? 그걸 다시 햇볕에 쬐어 말리는 거란다."

그렇게 가르쳐 준 사람은 할머니였다. 도쿄에서는 결코 통하지 않는 이 지방만의 비법이라고, 엄마도 말했다.

집에 도착하기 전 5분 동안, 내 눈앞에 어렴풋이 어린 시절의 기억들이 어른거렸다. 일요일 저녁, 서쪽 하늘에 떠오른 첫 별. 감상에 젖기에 더없이 좋은 상황 때문인지, 이제는 볼 수 없는 할머니와 엄마가 무척 보고 싶었다.

저만치서 현관문 앞을 밝히고 있는 불빛이 보였다. 나는 저녁 하늘에 어리던 정겨운 잔상들을 살며시 물리쳤다. 현관문을 열자 텔레비전 소리가 시끄럽게 울렸고, 거실에서는 히로코 씨가 연예계 소식을 전하는 뉴스를 보고 있었다.

"다녀왔습니다."

"어서 와!"

형식적인 인사를 나누고, 나는 냉장고 문을 열었다.

뒤에서 새된 목소리가 날아들었다.

"어라? 광고지에 나와 있던 특가품이란 게 이거야?"

'지금 달걀을 팩에서 하나씩 꺼내 신중하게 냉장고에 넣고 있답니다. 그러니까 뒤돌아볼 수 없어요.'

나는 등으로 그렇게 주장하면서 "싼 건 다 팔렸어요." 하고 대답했다.

"에에, 가격이 배나 차이가 나는데."

영수증을 보며 중얼거리는 히로코 씨에게 미안하다고 말하고, 나는 2층으로 올라갔다.

"없으면 사 오지 않았어도 되는데, 정말!"

앞으로 세 계단, 두 계단, 한 계단. 열애 장면 포착! 열애 장면 포착! 되풀이하는 여성 리포터의 목소리가 들렸다. 방문까지는 성큼성큼 걸어서 하나, 둘, 셋, 넷. 쾅! 방에서는 깜빡 잊고 켜 놓고 나간 시디플레이어 액정 화면에서 새어 나오는 파란 불빛이 저 혼자 하얀 천장을 물들이고 있었다.

"기계로 말린 것보다 해님이 내려 주는 볕을 쬔 것이 훨씬 맛나지."

나는 할머니의 말투를 흉내 내서 중얼거려 보았다. 그리고 리모컨으로 재생 버튼을 눌렀다. 천장에서 파란 그림자가 점멸하며 곡이 시작되기 직전, 찰나의 침묵 속에 아래층에서 올라온 텔레비전 소리가 희미하게 섞여 들었다. 나는 커튼을 치고 불을 켠 다음 음량을 높였다.

저녁때 말린 두부를 넣은 된장국이 나왔다.

"한 공기 더 먹을까?"

아빠가 밥그릇을 내밀었다.

"당신이 먹고 싶다고 해서, 타미코한테 말린 두부를 사다 달라고 했어."

아빠는 늘 반찬을 안주 삼아 술을 먼저 마신 다음에 밥을 먹는데, 이 한마디에 오늘은 순서가 뒤바뀌었다.

찻집에 놓인 설탕처럼 일회용 분말수프를 스틱 형태로 포장해서 파는 세상이니까, 요즘에는 누구라도 간단하게 된장국을 끓일 수 있다. 슈퍼마켓에 가면 라벨에 '분말수프 포함'이라고 쓰인 된장도 잔뜩 진열되어 있다는 사실을 아빠는 물론 모를 것이다.

히로코 씨가 기분이 좋아져서 밥그릇을 들고 자리에서 일어났다.

나는 젓가락을 놓았다. 아빠가 반찬으로 뻗던 손길을 거두더니 느닷없이 "드디어 수험생이 되었구나." 하며 화제를 돌렸다. 아빠는 늘 이런 식이었다. 이런 방법으로 나를 건드렸다. 그래서 나도 "다음 주부터 학부모 면담을 한대." 하고 되받아쳤다.

"첫 번째 면담이니까 꼭 와 달라고, 선생님이 그랬어."

"알았어. 시간 내 볼게."

아빠는 맥주를 따르더니 한 모금 마시고, 잔을 탁자에 내려놓았다. 손은 그대로 잔을 쥔 상태였다. 자, 또 시작이다. 지금부터 이 사람은 어떻게든 아빠다운 모습을 내게 보여 주려 애쓸 것이다. 그런 식으로 자기 자신을 이해시키고 싶은 거겠지.

"넌 조금만 더 노력하면 잘할 수 있잖아. 그런데 성적이 좋을 때랑 나쁠 때의 차이가 너무 심해."

휴일이라서 일을 안 하고 쉬니까 체력이 남아도는 모양인지, 아빠의 설교는 평소보다 길었다.

"3학년쯤 되면 학년에서 등수가 한 자릿수 안에 드는 아이들은 이미 정해지는 법이야. 그 고정 멤버들 안에서 석차가 엎치락뒤치락하는 것뿐이지. 아무래도 넌 좀 이상하다니까."

그때 부엌 쪽에서 히로코 씨가 돌아왔다. 나는 잠자코 일어섰다.

"여름 방학 때 또 동아리 활동만 할 생각이냐? 그 전에 해야 할 일들이 있다는 걸 명심하고, 똑바로 해 나가도록 해."

아빠는 '자, 그럼 이걸로 됐겠지.' 하고 마음을 놓는 것일까? 그래서 나도 그냥 "네."라고만 대답했다.

엄마가 돌아가시고 2년쯤 지났을 때, 그러니까 내가 초등학교 6학년 때의 일이다. 주산 학원에서 집에 돌아왔더니, 아빠가 거실에서 석간신문을 펼치고 있었다.

이 시간에 아빠가 왜 집에 있지? 나는 의아해하며 "다녀왔습니다." 하고 인사했다. 아빠는 "오늘 저녁은 밖에 나가서 먹을 거니까, 바로 준비해." 하고 말했다. 그뿐이었다.

얼마 전에 치른 주산 검정 시험의 결과가 발표된 날이었고, 나는 2급에 합격했다. 그 사실을 빨리 할머니에게 전하고 싶어서 집까지 단숨에 달려왔는데, 왠지 맥이 빠졌다. 계단을 올라가며 다다미방에 있는 할머니를 향해 "오늘 저녁은 밖에 나가서 먹는대요." 하고 외쳤다.

"할미는 안 간다. 아빠랑 둘이 다녀오너라."

닫힌 장지문 안쪽에서 목소리만 들려왔다. 이상하다는 생각은 들었지만, 나는 더 캐묻지 않았다. 지금 생각하면 어찌 그리 둔감한 초등학생이었나, 쓴웃음만 나온다.

미쓰코시 백화점 앞에 아빠랑 둘이 서 있는데, 새빨간 립스틱을 바른 여자가 다가왔다. 무슨 영문인지도 모르고 한동안 셋이서 아케이드를 걸었다. 그 사람은 패밀리 레스토랑 앞에 서더니 "여기서 먹어요, 케이크도 있고."라며 웃었다. 그러고는 "타미코 짱이 좋아하는 걸로 먹어요." 하고 말했다.

아빠도 그러자고 했다.

그런 거야, 그런 거였어!

아빠가 식당 문을 밀고, 짤랑짤랑 건조한 풍경 소리가 울리며 문이 열린 순간, 나는 그제야 겨우 눈치를 챘다. 두 사람은 한동안 별 의미도 없는 이야기를 나누며 기회를 엿보는 듯했다. 보기에만 요란한 음식 접시들을 물리자, 케이크가 나왔다. 크림이 듬뿍 올라간 흔한 딸기 케이크였다. 이런 건 별로 먹고 싶지 않은데. 하지만 왠지 손이라도 움직여야 덜 따분할 것 같아서, 나는 포크로 딸기를 찔렀다. 아빠가 그런 내 모습을 지켜보다가 이윽고 말을 꺼냈다.

"타미코에게 새엄마를 소개하려고 하는데."

여자가 눈을 깜박거렸다. 딸기를 잃고 품위 없이 무너진 케이크는 아무 가치도 없는 단순한 밀가루 덩어리 같았다. 예전에 엄마랑 먹은 건 양주가 들어간 고급 케이크였는데.

"정말 맛있어. 이 정도 맛이라면 조그맣고, 어쩌다 한 번밖에 못 먹는 거라 해도 대만족이야."

"어머머, 우리 타미코 다 컸구나. 제법 어른처럼 말할 줄도 알고."

"나는 뭐, 상관없어. 아빠가 재혼한다고 해도."

싸구려 케이크를 만족스럽게 먹는 여자를 '엄마'로 두고 싶지는 않았지만, 아빠의 '부인'으로 삼는다는 데 딱히 반대할 이유는 찾을 수 없었다. 나는 아빠의 재혼을 승낙했다.

그다음 주말에, 그 여자는 정말 우리 집으로 들어왔다. 패밀리 레스토랑에서 만났을 때는 내 이름 뒤에 '쨩'을 붙여서 부르더니, 이번에는 그냥 '타미코'라고 불렀다. 나는 '히로코 씨'라 부르기로 했다.

"쿠니하라 씨의 새 부인, 너무 젊어서 깜짝 놀랐어요."

"나도 언뜻 봤는데, 나이 차이가 꽤 나는 것 같더라고요."

"열 살도 넘게 어리대요. 같은 회사에 다녔다나 봐요."

"어쩌면 전 부인이 돌아가시기 전부터……."

"그 집 딸만 딱하게 생겼네."

주산 학원에 가려면 일주일에 세 번, 동네 아줌마들이 모이는 방화 수조 앞을 지나다녀야 했다. 나는 1급을 따자마자 곧 오기로 다니던 학원을 그만두었다.

전부터 허리가 아프던 할머니는 다리를 쓰지 못하게 되자, 산골짜기에 있는 노인 복지 시설로 들어갔다. 현 경계 지역에 있는 곳이라 주변에 건물이라고는 하나도 없고, 그저 경치만 좋은 곳이었다. 한 달에 두 번, 나는 주말마다 아빠와 함께 할머니를 만나러 갔다.

할머니를 만나는 것이 마지막이 되어 버린 그날, 나는 아침부터 배가 아프더니 가는 차 안에서 구토를 했다. 내 얼굴색이 어지간히 안 좋았던지, 할머니는 나를 보자마자 아빠에게 "타미코에게 밥은 제대로 해 먹이는 겐가?"라며 심하게 다그쳤다. 할머니는 점잖은 분이었다. 그때까지 한 번도 언성을 높인 적이 없었고, 어떤 경우라도 조용한 목소리로 "알았네." 하고 대답하며 눈만 가늘게 뜨던 분이었다.

할머니에게 아빠는 죽은 딸의 남편이었다. 그 전까지 나는 할머니가 아빠를 나무라는 모습도 본 적이 없었다. 내가 놀라서 다급하게 "괜찮아, 잘 먹고 있어." 하고 두 사람 사이에 끼어들었다.

"여자는 배를 따뜻하게 해야 돼. 차갑게 하면 절대 안 된다,

알았지?"

돌아가는 우리를 문 앞에서 지켜보던 할머니의 얼굴은 평소와 다름없이 온화했다.

"할머니, 또 올게."

그렇게 말하며 헤어졌지만, 그때 이미 할머니는 모든 걸 알고 있었을지도 모른다는 생각이 든다.

복도로 나가자, 관록 있어 보이는 나이 든 간호사가 내 머리를 쓰다듬으며 말했다.

"할머니가 네 이야기를 얼마나 많이 하시는지 몰라. 자주 뵈러 와야 한다."

집으로 돌아오는 차 안에서 아빠는 아무 말이 없었고, 나 역시 배의 통증이 점점 심해져서 입을 꽉 다물고 있었다. 고속 도로를 빠져나와 우회 도로로 접어들자 퇴근 시간과 사고가 맞물려 정체가 심해졌고, 차는 좀처럼 앞으로 나가지 못했다. 아빠가 라디오를 켜자 "어허, 좋을시고. 얼씨구 좋다, 에헤야 디야." 하며 민요가 흘러나오는 바람에 분위기는 더 이상해졌다.

"늦었네."

집에 도착하니, 히로코 씨가 기다리다 지친 듯한 기색으로 우리를 맞이했다. 식탁에는 이미 전자레인지에 데운 반찬들이 놓여 있었다.

"오늘 백화점에 갔다 왔어. 이거 도쿄에서 유명한 가게의

비프스트로가노프(러시아식 소고기 스튜 : 옮긴이)래. 여기서
는 평소에 팔지 않는 거야."

이 여자가 할머니를 쫓아냈다. 그리고 나도 아빠도 할머니
를 버렸다. 히로코 씨가 흐뭇한 표정으로 떠들어 대는 외국
발음의 음식들을 젓가락으로 찌르면서, 나는 왼손으로 아픈
배를 눌렀다.

나는 그날 밤 느지막이 초경을 맞이했다. 그런데 예상했던
것보다 훨씬 더 선명한 빨간색 피를 보고 심하게 동요하고
말았다.

한밤중에 옷 방에 켜진 불빛을 보고 사정을 알게 된 히로
코 씨가 갈아입을 옷을 챙겨 주었다.

"괜찮아, 걱정할 거 없어. 이제 어른이 된 것뿐이야."

나도 이 사람과 같은 여자다. 드디어 여자가 되고 말았다.
나도 언젠가 아이를 낳고, 결국에는 손녀에게 버림받을까?

몸을 뒤척이다 옆으로 돌아누웠더니, 내 의지와 상관없이
부풀어 오른 젖가슴의 감촉이 팔에 전해졌다. 여자 같은 거
되지 않아도 괜찮았다. 되고 싶지도 않았다.

나는 그날 난생처음으로 완벽하게 뜬눈으로 밤을 새웠다.

전철을 타고 나 혼자 할머니를 만나러 가자!

그렇게 눈을 반짝이며 도라에몽 저금통을 와장창 깨뜨려
집을 나설 만큼, 나는 어린아이가 아니었다.

그 얼마 뒤, 할머니는 어이없이 세상을 떠났다. 중학교 입

학식이 있기 바로 전이었다. 장례식에는 백화점에서 막 찾아 온 교복을 입었다.

"쿠니하라 타미코! 타미코가 뭐냐? 이름 참 촌스럽네."

수업이 다 끝나고 음악실로 가려는 내게 쓰보이가 시비를 걸어왔다.

"아빠는 어린 여자랑 사는 변태, 딸은 공부만 하는 변태."

"타미코 짱, 가자."

옆에 있던 사키 짱이 "상대할 필요 없어." 하고 내 팔을 잡아끌었다. 쓰보이는 천박하게 웃으며 복도로 뛰어나갔다.

오늘 5교시에 과학 기말고사 점수가 나왔다. 나는 돌려받은 답안지를 보며 "아아, 역시." 하고 낙담했다. 빈 해답 칸에 표시된 X 세 개가 쪼르르 점수를 깎아 먹었기 때문이다.

"반에서 최고점은 와다, 93점."

과연! 굉장해! 교실이 수런거리는 가운데 쓰보이가 "선생님, 여자 1등은 누구예요?" 하고 물었다.

"좀 떨어졌네. 별로 좋은 점수는 아니지만 88점, 쿠니하라."

"신경 쓰지 마. 네 점수가 좋으니까 부러워서 그러는 거야."

땅꼬마, 뚱보, 까까머리, 곱슬머리, 미혼모 자식, 쟤네 집은 싸구려 라멘 가게, 쟤 남동생은 휠체어 신세야……. 쓰보이는 늘 이런 식으로 순식간에 남의 말을 떠들고 다녀서 대부분의 여자애들이 싫어했다. 늘 붙어 다니는 몇 명을 빼고는 남자애들도 그다지 좋아하는 것 같지 않았다. 원시라서 안경을 쓰는 사키 짱도 종종 '안경원숭이'라는 놀림을 받았다.

"웅? 빨리 동아리 방으로 가자."

나는 가방을 들었다.

막상 들어와서야 합창부가 노래만 부르는 게 아니라, 복근 운동과 달리기까지 시킨다는 걸 알고 놀랐다. 토요일과 일요일은 물론이고, 여름 방학에는 아침 9시부터 밤 9시까지 연습을 했다. 해마다 여름에 치르는 콩쿠르에서 우승하는 한 팀만이 토호쿠 지역 대회에 나갈 수 있었다. 그리고 우리 학교 합창부는 현에서 1, 2위를 다투는 막강한 팀으로 유명했다.

나는 무엇보다 집에 있는 시간이 줄어들어서 좋았다. 단지 그 이유만으로 이 혹독한 동아리를 선택한 것이었으니까.

음악실로 들어가자, 같은 3학년인 요시카와가 아이들 몇 명과 함께 내게 다가왔다.

"아까 말이지, 알토 교실 앞을 지나면서 봤는데, 너 왜 1학년 애들을 자리에 앉힌 거니?"

합창부 전원이 모여서 노래할 때 말고는 수업이 끝나면 파트별로 다른 교실에서 연습을 했다. 가끔 요시카와가 지나는 길에 우리 파트를 엿보는 모양이었다.

"타미코 너 말이야, 똑바로 지도하지 않으면 안 돼."

내가 1학년이었을 때, 일부를 제외한 3학년 선배들은 엄격하기만 해서 존경하는 마음이 들지 않았다. 합창 연습에 대한 것만이라면 기꺼이 받아들일 수 있었다. 그러나 인사할 때 고개 숙이는 각도나 인사하는 방식, 머리 묶는 방법, 양말 길이, 머리 묶는 고무줄이나 보조 가방의 색깔은 물론이고, 연습 중에 화장실이나 물을 마시러 가는 횟수에도 제약을 두었다. 그것들은 '전통'이라는 이름으로 한데 묶여, 조금이라도 그 규정에서 벗어나면 가차 없이 공격당했다. 그 '전통' 가운데 하나를 무시하고, 나는 내가 지도하는 알토 파트의 1, 2학년생들을 자리에 앉아서 연습하도록 했다.

어쨌든 요시카와는 자기 주장을 지겹게 늘어놓았다. 나도 그냥 "알았어, 미안해." 하면 끝났을 텐데, 아까 쓰보이에게 자극받은 마음의 동요가 가라앉지 않은 모양이었다. 할 수 없지, 그 방법을 써야겠네. 요시카와의 입을 다물게 하려면 그 수밖에 없었다.

"내가 바라지 않는 것은 남도 바라지 않으므로, 남에게 강요해서는 안 된다. 그런 격언이 있지?"

나는 천천히 입을 열었다. 이럴 때 결코 상대의 눈을 피해서는 안 된다. 시선을 고정시키는 게 중요하다. 요시카와가 '뭐?' 하는 표정을 지었다. 뭐야, 역시 이런 격언이 있다는 것도 몰랐단 말이지.

"자기가 당해서 싫은 건 말이야, 다른 사람한테도 시키지 말라는 뜻이야."

흐, 흐음. 요시카와가 살짝 움츠러들었다.

"난 1학년 때 악보를 옮기거나 가사를 베껴 쓰는 데 내내 서서 해야 되는 게 싫었거든."

"타미코 짱은 그랬구나. 1학년 때부터 콩쿠르에 나갔으니까 심하게 당했겠구나."

사키 짱의 절묘한 지원 발언에 주위에 있던 아이들도 고개를 끄덕였다. 좋아, 이 한마디로 깨끗하게 마무리하는 거야.

"우리는 그런 선배는 되지 말자고, 3학년이 되어 처음 모였을 때 말하지 않았니?"

그렇게 쐐기를 박자, 우리를 둘러싸고 있던 아이들이 "맞아. 요시카와, 너 요즘 들어 너무 엄격해졌어." 하고 맞장구치며 웃었다. 공격 대상이 완전히 뒤바뀌었다.

"알았어. 그래도 다른 파트 애들도 있으니까, 음악실에서 다 같이 연습할 때는 안 그러기다."

그러더니 요시카와는 콧구멍을 크게 벌리며 덧붙였다.

"악보를 볼 때도 메조소프라노와 소프라노 파트는 자리에 앉히지 않을 거니까."

그럭저럭 말이 먹힌 듯했다. 나는 악보를 모으는 척하면서 말했다.

"알았어. 확실하게 목소리를 내야 할 때는 서 있게 할게."

이런 나날을 되풀이하는 동안 3학년 시절이 흘러갔다.

집으로 돌아가는 길, 사키 짱과 헤어진 뒤에 횡단보도 근처에서 낯익은 뒷모습을 발견하고 걸음을 멈추었다. 요이치였다. 내가 지금 속도로 천천히 걸으면 요이치가 먼저 건널 것이다. 그러나 너무 늦게 상황을 인지한 탓에 횡단보도 바로 앞에 나란히 서게 되고 말았다.

"안녕."

요이치가 태연한 얼굴로 말을 건네기에, 나도 앞을 보면서 "안녕." 하고 대답했다. 신호가 파랑으로 바뀌었다. 누군가 이 모습을 보고 내일 학교에서 소문이라도 내면 어쩌지? 그런 생각에 눈길이 저절로 아래로 향했지만, 무슨 까닭인지 입에서는 말이 술술 나왔다.

"저번에 슈퍼마켓에서 아줌마 만났어."

"어, 그 얘기 들은 것 같아."

신발 뒤축을 구겨 신은 요이치의 발치로 눈이 갔다. 동아리 활동을 마치고 돌아가는 길이라 하카마(허리에서 발목까지 덮는 길이에 넉넉하게 주름이 잡힌 아래옷 : 옮긴이) 차림에 학교에서 지정한 운동화를 신은 모습이 어쩐지 기이해서, 살짝 더러워진 신발이 유난히 눈에 띄었다.

'발이 참 크구나.' 하고 생각한 순간, 공연히 요이치와 나 사이에 거리가 느껴졌다.

중학교에 들어간 뒤 이번에 처음으로 같은 반이 되었지만, 자리가 떨어져 있어서 이야기를 나눌 기회는 거의 없었다. 어릴 때는 성이 아닌 이름으로 서로를 불렀는데, 어느 틈엔가 다른 사람들 앞에서는 '와다'와 '쿠니하라'가 되었다.

"뭐가 파치(깨지거나 흠이 나서 못 쓰게 된 물건이나 쓸모없는 것을 가리키는 속어 : 옮긴이)였어?"

"파치?"

무슨 말인지 알아듣지 못하는 내게 요이치가 "시험 말이야, 12점." 하고 덧붙였다.

"아, 그거. 식염수 문제에서 한꺼번에 점수를 깎아 먹었어."

'A 비커에는 농도 x퍼센트의 식염수, B 비커에는……'

시험 시간에 이렇게 쓰인 문제를 훑어보다가 불현듯 그 생각이 떠올랐다. 그러고 보니, 농도 0.9퍼센트의 식염수를 '생리 식염수'라고 한댔지. 생리 식염수, 이 단어가 문제였다. 이 말이 내 의식을 어딘가 다른 곳에 데려다 놓았다.

인간의 몸을 채우고 있는 여러 종류의 액체와 동일한 삼투압의 식염수. 몇 종류의 액체가 내 몸속을 돌아다니는 모습은 비교적 상상하기 쉬웠다. 그러자 갑자기 화장이 끝난 화장로에서 나온 뼈가 떠올랐다. 엄마의 장례식 때보다 시간적으로 가까웠기 때문일 것이다. 할머니의 바싹 마른 모습이 뇌리를 스쳐 갔다.

"나쁜 것들이 이렇게 남는 거겠지."

"그래도 조금밖에 안 되네."

"할머니는 미치코 씨의 몫까지 오래 사셨으니까."

"타미코 짱, 옷 타. 조금 떨어져."

누군가 그렇게 말할 때까지 나는 몸을 움직일 수 없었다. 뜨거운 불기운에 내 볼도 이글이글 타는 것 같았다. 사람들이 뼈를 집어서 항아리에 담자, 거기서 일하는 사람이 위에서부터 콩콩콩 뼈를 빻았다. 가장자리로 비어져 나온 하얀 덩어리들이 점점 항아리 가운데로 쏙쏙 들어갔다.

아마 그때 내가 어떻게 되었던 모양이다. 답안을 메꾸는 일에만 집중하는 것이 시험을 치르는 사람의 올바른 자세일 터인데. 정신을 차렸을 때는 종료 5분 전이었고, 빈칸을 세 군데나 남겨 놓은 채로 답안지를 낼 수밖에 없었다.

4월에 현 주관으로 실시한 모의고사를 치를 때도 그랬다.

'아래 그림은 세포의 작은 기관을 나타내고 있다. 각 기관의 명칭에 대하여 답하라. 또 동물 세포와 식물 세포 중에 어느 것인지를 쓰고, 그 이유도 서술하라.'

핵, 핵소체, 세포막, 나는 답안지의 괄호를 메꿔 나갔다. 세포벽이 없으므로 동물 세포라는 것을 알 수 있다. 소포체, 중심체, 골지체, 손이 순조롭게 움직였다. 역시 엽록체와 액포도 없다. 이제 남은 건 미토콘드리아. 마지막 괄호에 그렇게 썼을 때, 내 머릿속이 초록으로 가득 물들었다. 예전에 읽은 생물책의 내용이 떠올랐던 것이다.

태고에는 다른 생물이었던 미토콘드리아. 그것이 어떤 계기로 인해 인간의 몸에 들러붙게 되었고, 독자적인 유전자를 지닌 채 모계 유전만을 반복하게 되었다. 그러니까 내가 엄마와 할머니로부터 물려받은 유전자는 아빠의 유전자와는 다른 것이다.

내가 아빠를 이해할 수 없는 건 아마 그게 원인일 것이다. 그래서 더는 어떻게 해 볼 도리가 없는 거겠지. 그건 이미 아주 오랜 옛날부터 정해진 일이라서.

나중에 역 앞에 있는 서점에 들어가 책을 읽다가 미토콘드리아가 초록색이 아니라는 사실을 알고 망연자실했다. 시험 중에 멍하니 보낸 시간과 맞바꾸어 지불한 엄청난 대가를 후회한 건 더 말할 나위도 없었다.

"어느 쪽이 얼마나 농도가 진해지는가, 하는 그 문제?"

요이치가 "나는 '부력의 피스톤' 문제에서 틀렸는데." 하며 의아해했다. 식염수 문제는 수업 시간에 나눠 준 출력물에서 그대로 나온 거라서, 거저 얻는 점수나 마찬가지였다. 요이치가 이상하게 여기는 것도 무리가 아니었다.

"으응. 그런데 오늘 해설 듣고 알았어."

"그래, 그렇다면 다행이지만."

요이치가 운동 가방을 어깨에 걸쳤다.

"무도부는 언제까지 할 거야?"

시와 현의 종합 체육 대회가 끝나면서 운동부에 속했던 3학년생들은 거의 6월 중에 동아리를 탈퇴했다. 요이치가 오늘 하카마 차림으로 걷는 게 사실 좀 뜻밖이었다.

"방학 전에 합기도 연무 대회가 있어. 그때까지는 영감님이 내보내 주지 않겠대."

무도부의 고문은 머리가 다 벗어진 사회 선생님 타케무라였다. 태평해 보이는 생김새에 말투나 행동도 느긋해서, 아이들 사이에서 '영감님'이나 '타케무라 옹'으로 불렸다.

"마지막으로 성취감을 한번 느껴 보고, 그다음에 입시 공부를 해 나가면 아주 좋을 것 같아서래. 특유의 느린 말투로 그렇게 말하는 거 있지. 히사모토가 자기가 항의해 볼 테니까 안심하라고 장담하더니, 그 녀석 결국 한마디도 못 했어."

힘없이 고개를 떨어뜨리는 학생들 앞에서 선생님 혼자 빙그레 웃는 광경이 아주 쉽게 떠올라서, 나는 "그거야 무적의 영감님이니까." 하고 대꾸하며 웃었다.

"그래서 앞으로 얼마간 더 해야 돼."

둘이서 제대로 대화를 나눠 본 건 꽤 오랜만이었다. 나는 가방을 왼손으로 바꿔 들었다.

"넌 여름 방학에 여전히 콩쿠르 준비할 거지?"

요이치가 얼굴을 내 쪽으로 돌리는 바람에 처음으로 눈이 마주쳤다.

"응, 여전히. 아침부터 밤까지."

"굉장하다니까."

요이치가 내 얼굴을 계속 바라보며 말했다. 나는 어색해 보이지 않도록 조심하며 가방을 다시 바꿔 들었다.

"어차피 이번이 마지막이고, 너무 익숙해져서 그렇게 해야만 제대로 여름을 보내는 것 같은 느낌이 들어서."

"그런 건 익숙해졌다고 하는 게 아니라, 무감각해졌다고 하는 거야."

이윽고 일방통행 길이 끝나고 티(T) 자 모양의 길이 나왔다. 요이치의 집은 왼쪽 끝에 자리한, 근처에서 가장 높은 6층짜리 맨션이었다.

"잘 가."

"응, 잘 가."

나는 오른쪽으로 갔다. 걸으면서 자세히 보니 내 신발도 꽤나 더러웠다.

"타미코, 쇼 짱이 다음 달부터 우리 집 근처에서 살게 됐어. 쇼 짱, 알지? 요이치의 엄마 말이야."

초등학교 3학년 여름이 끝날 무렵, 긴 통화를 끝낸 엄마가 수화기를 놓자마자 기뻐하는 얼굴로 웃었다. 쇼 짱과 요이치는 어렸을 때부터 자주 들은 엄마의 고등학교 시절 친구와 그 아들의 이름이었다.

"잘 기억나지 않겠지만, 너랑 요이치는 아기 때 한 번 만난 적이 있어."

엄마는 그렇게 말하면서 사진 한 장을 손으로 가리켰다. 아직 아기인 나와 젊은 시절의 엄마, 마찬가지로 아기를 안은 기모노 차림의 여자가 찍힌 사진이었다.

한참 뒤 우리 집에 인사하러 온 요이치의 엄마는 사진에서 처럼 기모노를 입고 있었다.

"이삿짐센터에 맡긴 짐이 토요일에나 온대. 그때까지는 친정에 있으려고."

"남편은 언제 오는데?"

"일요일에. 지금 마침 후쿠오카로 출장 가 있어."

"그래, 여전히 바쁘게 여기저기 다니시는구나."

"참, 우리 맨션 이름 있잖아. 그린 맨션이 뭐니? 그린 맨션이. 어떻게 안 되겠지?"

요이치의 엄마가 후후후 웃었다. 말투가 느긋하고, 피부가 하얀 사람이었다.

"타미코 짱, 요이치 잘 부탁해."

무릎이 드러나는 반바지 차림의 요이치가 우리 엄마에게 예의 바르게 인사했다.

근처의 하이쿠(5·7·5, 3구 17자로 된 일본 특유의 짧은 시. 특정한 달이나 계절에 대한 느낌을 서정적으로 묘사하는 경우가 많다 : 옮긴이) 모임에 갔던 할머니도 때마침 돌아오는 길에 모퉁이에서 두 사람을 만난 모양이었다.

"아들은 많이 큰 것 같던데, 쇼코는 여전하더구나. 토요일까지 걸레 좀 많이 만들어 놓아야겠네."

할머니는 그렇게 말하며 옷을 갈아입으러 다다미방으로 들어갔다.

나는 접대용 찻잔을 씻는 엄마에게 물었다.

"엄마, 친정이 뭐야?"

"결혼한 여자가 자기가 태어난 집을 그렇게 부르는 거야."

"그럼 내 친정은 여기야?"

"뭐? 넌 아직 시집 안 갔잖아."

엄마가 쿡쿡거리며 웃었다.

"저 아줌마는 매일 저렇게 기모노를 입어?"

"쇼 짱은 다도 선생이야. 지금보다 젊었을 때는 기모노가 몸에 붙게 하려고 연습 삼아서 매일 입었는데, 그러다 보니 평상복보다 더 편해졌대. 할머니처럼 기모노 입고 요리도 하고 빨래도 해."

"헤! 할머니보다 훨씬 젊은데."

"자, 슬슬 저녁 준비 할까? 타미코도 도와줘."

엄마는 기분이 좋아 보였다.

"쇼 짱 남편이 이리 전근을 오게 되다니, 정말 잘됐구나."

할머니가 부엌으로 나와 앞치마를 입으며 엄마 옆에 섰다. 감자 껍질을 벗기던 엄마의 손길이 멎는가 싶더니 우는 듯했다. 나는 깜짝 놀라서 "엄마, 그렇게 좋아?" 하고 물었다. 엄마는 고개를 끄덕이며 욕실 쪽으로 갔다.

"자, 타미코는 콩꼬투리를 벗겨서 할미한테 주렴."

할머니가 내게 완두콩이 든 바구니를 건넸다.

지금 생각해 보면, 그 얼마 전에 폐암 수술을 받은 엄마는 그때 자신의 상태를 짐작하고 있었던 게 분명하다.

　살갗이 희고, 비쩍 마른 요이치는 학교에서도 얌전했다.
　비실이, 콩나물. 전학 오자마자 남자애들 몇이 그렇게 놀렸
지만, 곧 '와다'라는 성으로 불리게 되었다. 본인이 입을 다물
고 있어도 도쿄에서 지방 도시로 전학 온 뛰어난 학생이라는
사실이 금세 알려졌기 때문이다. 어릴 때부터 가라테를 해 온
요이치는 반에서 이어달리기 대표 선수로 뽑힐 만큼 발이 빠
르고, 운동도 잘했다.
　두 집 다 아빠들은 직장 일로 바빴기 때문에 엄마들이랑 넷
이서, 가끔은 할머니까지 어울려 여기저기 놀러 다녔다.
　"엄마, '이모니카이'가 뭐야?"
　요이치의 이 한마디에 단풍철에는 냄비를 들고 히로세가
와 강 상류로 나갔다.
　"으음, 감자랑 토란이 든 냄비를 들고 밖에 나와서 다 같이
먹는다는 말이구나."
　엄마들은 서로의 집을 드나들며 어린 내가 보기에도 무척
신이 나서 즐거워했다.
　부모가 다 토호쿠 출신이라고는 해도, 도쿄에서 태어난 요
이치에게는 이 지방의 사투리가 낯설었다. 특히 우리 할머니
의 독특한, 이른바 노인 특유의 '코맹맹이 사투리'는 요이치
에게 난이도가 무척 높은 듯했다.

"이와테에 사시는 할아버지랑 할머니가 말씀하시면 무슨 뜻인지 전혀 몰랐는데, 타미네 할머니도 그에 못지않아."

우리 집에 와서 할머니에게 무슨 말을 들으면, 나중에 "아까 그 말, 이런 뜻이었던 거 맞아?" 하고 내게 다시 물었다.

우리는 말의 차이를 발견할 때마다 마주 보고 웃었다. 정월 보름날, 정초에 쓴 물건들을 태우고 그 불에 떡을 구워 먹는 행사를 여기서는 '돈토사이'라고 하는데, 도쿄에서는 '돈도야키'라고 한다는 사실도 알았다. '이키나리 맛있다, 이키나리 빠르다' 할 때의 '이키나리(일반적으로 '갑자기, 느닷없이'라는 뜻으로 쓰임 : 옮긴이)'라는 단어의 뉘앙스를 요이치에게 설명하는 것은 쉬운 듯하면서도 어려웠다.

"그러니까 굉장히, 또는 아주 많이, 그런 뜻이야."

"이키나리 빠르다는 게 지금까지는 느렸는데 갑자기 빨라졌다는 뜻이 아니고?"

"그, 러, 니, 까, 그런 게 아니라니까."

일요일이라 마침 집에 있던 아빠가 "요이치, 너 영어 배우지? 'very'랑 같은 거야." 하고 말하자, 그제야 "아아, 그렇구나." 하고 이해했다.

4학년 때도 우리는 같은 반이었다. 학교생활은 대체로 즐거웠고, 집에는 아빠와 엄마와 할머니가 있었다. 주산 급수도 점점 올라갔다. 그렇게 하루하루가 평온하게 흘러갔다.

"이번 축제 때는 타미코에게 새 유카타(면으로 만든 홑겹의

기모노로, 여름에 평상복으로 입거나 목욕하고 난 뒤에 입는 옷
: 옮긴이)를 사서 입힐까 해."

"그럼 요이치 것도 준비할 테니까, 나중에 타미코랑 같이
사진 찍어 주자."

"좋았어. 타미, 우리 같이 사진 찍자."

"정말?"

"응. 나, 한 번도 유카타 입어 본 적 없어."

"그러고 보니 요이치한테 입혀 준 적이 없구나."

"그럼 우리 다 같이 입자."

"찬성!"

막 그러던 참에 엄마가 자리에 눕게 되었다.

나는 엄마의 병이 천식이고, 차츰 나아지고 있는 줄 알았
다. 그래서 장마철 습기 때문에 조금 도진 것뿐이겠지, 하고
생각했다.

여름 방학이 시작되고 기온이 낮은 날이 이어지면서, 뉴스
에서는 '냉해'라는 말이 자주 나왔다. 엄마는 여전히 자리에
서 일어나지 못했다.

"타미코! 할미가 이거 입혀 줄 테니까, 내일 엄마 앞에서 보
여 주자."

할머니가 벽장에서 내게 유카타를 꺼내 준 그날, 엄마는 집
에서 눈을 감았다. 여름 축제가 시작되기 전날이었다. 아빠도
할머니도 내내 침착했고, 친척들도 엄마의 상태를 알고 있었

는지 집 안을 분주하게 돌아다니며 장례 준비에 여념이 없었다. 아무것도 모르고 있던 나만, 무엇을 어찌해야 좋을지 몰라 마냥 멍하니 서 있었다.

"타미코, 여기 할미 옆에 와서 앉아."

할머니가 손짓으로 부르기에, 나는 관 앞으로 가서 나란히 앉았다.

"여름에는 지옥의 솥뚜껑이 열리고, 여긴지 저긴지 갈림길을 구분하기도 힘들어지는 법이지. 그래서 서둘러 저세상으로 데려가 버리셨구나."

느닷없이 할머니가 그런 말을 꺼냈을 때, 축제를 맞이한 사람들이 가까운 곳에서 춤추는 소리가 방 안까지 들렸던 것을 지금도 기억한다.

종업식이 끝나고 성적표를 받았다. 기말고사를 치르기 직전 일주일 동안 정신을 바짝 차리고 공부한 덕분인지 오랜만에 학년에서 5등 안에 들었다.

"거봐, 잘할 수 있으면서. 알았지, 쿠니하라? 주뼛거리지 말고 당당하게 나는 거야."

담임인 코누마 선생님이 내 머리를 가볍게 콕 찔렀다. 코누마 선생님은 젊고 말이 잘 통해서 학생들한테 인기가 많았다. 나는 다른 선생님들한테는 '감수성이 예민한 사춘기에 새엄마가 들어온 여학생'으로 왠지 특별 취급을 받았는데, 코누마 선생님은 다른 아이들과 똑같이 나를 대해 주었다. 나도 그런 점이 좋았다.

얼굴 가득 웃음을 띤 선생님한테는 미안하지만, 사실 이번에는 아빠한테 잔소리를 듣지 않는 게 목적이었다.

"그따위 동아리는 그만둬. 너는 수험생이야."

그런 말을 듣고 내가 어찌 참겠는가?

드디어 맹렬한 합창 연습이 시작되었다.

"해마다 이게 뭐야? 왜 방학 때도 매일 도시락을 싸야 되느냐고!"

히로코 씨는 투덜거리며 인상을 썼지만, 조금이라도 더 아침잠을 자기 위해 버티는 나를 대신해 도시락을 싸 주었다. 엄마나 할머니라면 절대 사지 않았을, 냉동실에 보관해 놓은 닭튀김과 찐만두였다. 전자레인지에 데우기만 하면 되는 편리한 가공식품들이었지만, 이거라도 감사하는 수밖에.

"타미코가 내일 도시락을 싸 가야 한다고 해서 오늘 햄버거를 만들었어. 내일은 햄버거 싸 줄게."

"그럼 이 할미가 아침에 달걀말이 해 줄게. 사과로 토끼 모양도 만들고."

초등학교 시절, 더러 학교에서 행사 때문에 급식을 하지 않는 날이 있었다. 점심시간에 같은 조 아이들과 책상을 붙이고 앉으면 알록달록한 내 도시락은 자랑거리였다.

아, 안 되지. 이제는 그런 생각을 하면 안 되지.

오늘도 콩쿠르에 나가 부르게 될 지정곡과 자유곡의 알토 파트를 입을 벙긋거리며 부르기만 하면, 그걸로 충분하다.

요시카와는 여전히 하찮은 일에 열을 올리며 큰 소리로 떠들어 댔다.

"말도 안 돼! 왜 2학년 애들부터 준 거야? 3학년이 먼저라는 것도 몰라? 너희들 바보니?"

오늘은 1학년들이 점심때 마시라고 준비한 보리차를 나눠 준 순서가 신경에 거슬린 모양인지, 후배들을 다 음악실에 모아 놓았다.

"알토 파트는 지금부터 모여서 연습할 건데."

내가 요시카와의 등에 대고 말했지만, 반응이 없었다.

"2학년, 너희도 마찬가지야! 3학년 선배님들 먼저 드리라고, 왜 똑바로 말을 못 해? 게다가 벌컥벌컥 먼저 마시기까지 해? 선배님 먼저 드세요, 왜 이렇게 말을 못 하느냐고?"

시계를 보니, 5분 뒤면 파트별로 연습을 시작해야 하는 시각이었다. 다른 3학년들도 이제 그만하고 연습에 들어가는 게 좋겠다며 요시카와를 말렸다.

"응, 요시카와?"

내가 한 번 더 말을 걸었지만, 완전히 무시당했다. 요시카와는 혼자 계속 호통만 쳐 댈 뿐, 누구의 말도 들으려 하지 않았다.

나는 앞에 있는 책상에 메트로놈이 놓여 있지 않다는 사실을 확인하고, 힘껏 발로 차서 넘어뜨렸다. 그 소리에 요시카와가 뒤돌아보았고, 다른 아이들의 시선도 모두 나에게 쏠렸다. 나는 요시카와의 얼굴은 보지도 않고 태연한 목소리로 말했다.

"지금부터 우리 파트 연습 들어갈 거라고 했는데, 못 들었어? 시작할 거니까 모여."

내가 알토 파트 후배들을 데리고 나갈 때까지 요시카와는 입을 다물고 한마디도 하지 않았다. 그리고 내가 음악실 문을 닫고 나가자마자 안에서 큰 소리가 울렸다.

"쟤는 보리차를 준비해 본 적이 없어서, 잘 몰라서 저래. 1학년 때부터 콩쿠르에 나갔으니까, 그런 잡다한 일을 해 본 적이 없거든."

이내 사키 짱이 나를 따라 나왔다.

"타미코 짱 제법인데. 요시카와 진짜로 졸았다니까, 멋져!"

"그래도 책상을 넘어뜨린 건 좀 걸려."

"괜찮아, 요시카와한테는 그 정도는 해야 통해."

"그래도 후배들이 나를 무서운 선배라고 생각할 거야."

"정말이에요. 선배님, 무서워요."

후배들이 그렇게 말하며 웃었다.

다음 날부터 요시카와는 나와 인사는 했지만, 눈을 맞추지는 않았다. 딱히 할 말도 없었기에, 나 역시 "안녕."이나 "그럼." 정도의 말만 했다.

콩쿠르 당일, 우리 학교의 순서는 세 번째였다. 연습 시간까지 포함해서 무대에 서는 시점부터 거꾸로 계산해 보니, 새벽 4시에는 모여야만 했다.

"왜 동아리 활동 때문에 이렇게까지 해야 되는 거냐고."

히로코 씨가 연거푸 하품을 쏟아 내면서도 이것저것 챙겨 주었다. 나는 아직 어두컴컴한 길을 서둘러 학교로 갔다.

결국 중학교 시절 마지막 여름도 토호쿠 대회 진출은 무산되었다.

개학 때까지 남은 며칠간 동아리 활동도 방학에 들어갔다. 처음 이틀은 그동안 한 달 가까이 보지 못했던 텔레비전 앞에서 게으름을 피우며 보냈다. 실컷 자고 한낮이 되어서야 눈 뜨기를 3일째, 전혀 손대지 못한 숙제를 앞에 놓고 큰일 났다 싶어 붙들고 늘어졌다.

'여름 방학 5과목 복습 교재'를 한꺼번에 메꿔 나가며 소소한 성취감을 맛보기는 했으나, 해결한 숙제의 양과 아직 손도 대지 못한 나머지 숙제를 비교해 보니 정신이 아득해졌다. 그때 계단에서 발소리가 크게 울렸다.

"안녕, 오랜만이야."

사촌 오빠인 쇼 짱이었다.

"너는 여전히 새하얗구나. 올해도 또 노래만 불렀냐?"

"뭐야, 한가해? 대학생들은 여름 방학에 대개 해외에 나가

거나 하지 않나?"

"귀염성이라고는 눈 씻고 찾아봐도 없다니까. 쇼고 오라버니, 숙제 도와주러 와 주셔서 고맙습니다, 이 정도 인사는 해야지."

그러더니 "남은 게 뭐야?" 하고 묻기에, "전부 다."라고 대답하며 '여름 방학 과제 일람' 출력물을 보여 주었다.

"독서 감상문에 자유 작문, 영어 교과서 베껴 쓰기에 자유 연구도 있어. 참, 빈 지도에 색칠하기 같은 건 앞으로 3일밖에 안 남았는데, 도저히 끝내기 힘들겠지?"

"지도에 색칠하기?"

"응. 나와 있는 지도에 논은 황록색, 주거지는 빨간색, 이런 식으로 색을 칠해 나가는 거야."

"어, 그런 거였어? 나는 지도를 그리고, 그걸 주요색으로 나눠서 색칠하는 건 줄 알았지."

"설마, 그렇게 어려운 숙제는 내지 않거든."

쇼 짱은 들고 온 시디를 플레이어에 끼우더니, 지도에 색칠을 해 나갔다. 나는 영어 교과서의 듣기 파트를 1과부터 공책에 베껴 쓰기 시작했다.

쇼 짱은 여섯 살 때 아직 아기였던 여동생을 잃었고, 그다음 해에 내가 태어났다.

"분명 그 아이가 타미코로 다시 태어난 걸 거야."

쇼 짱의 엄마인 히데코 고모에게서 나는 종종 그런 말을 들었다. 히데코 고모는 아빠의 친누나다. 엄마가 세상을 떠난 뒤로는 자주 쇼핑을 함께 가 주곤 해서, 할머니도 살아 계셨을 때 고모를 의지했다. 아빠의 재혼이 결정되었을 때, 고모에게서 쇼 쨩의 친동생이 되지 않겠느냐는 권유를 받고 나는 기뻤다. 그런데 아빠가 반대했다.

"수험생은 이런 색칠하기 숙제 같은 것보다 학원 공부를 해야 하는데 말이야."

나는 필기체로 영어 문장을 써 나가며 태연하게 말했다.

"나, 학원 그만뒀어."

앞으로 두 줄만 더 쓰면 4과가 끝난다.

"여름 방학 특강에 한 번도 나올 수 없다고? 그건 학원으로서도 좀 그렇지."

1학기가 끝날 무렵, 그때껏 다니던 입시 학원의 원장이 에둘러서 그만둘 것을 종용했다. 방학 전 마지막 강의를 듣고 사무실로 갔을 때였다. 원장은 나를 안쪽에 있는 상담실로 데려갔다.

"쿠니하라는 이번 기말고사 성적이 그저 그랬지. 원래 성적이 그 정도니까 당연해. 대개 여름 방학 동안 공부해서 한꺼번에 높이는 게 보통인데, 넌 동아리 활동 할 거잖아. 평소에도 6시부터 시작하는 수업에 맞춰서 오지 못했고. 중3 여름 방학에 아침부터 밤까지 동아리 활동을 하겠다는 건, 시험을 포기한다는 말과 다름없지. 정말 진지하게 생각한 거야?"

아빠보다 젊은 원장은 두꺼운 서류철을 펼치면서 막힘없이 말을 이어 갔다.

"우리 학원은 A 고등학교 합격 실적이 좋아. 운동부에서 탈퇴하고 여름 방학 강습 때부터 학원에 오는 애들도 많고. 그런 애들은 성적이 쑥쑥 올라가지. 참, '코토'라는 애 알지? 이번 강습 때부터 나오기로 했는데, 너랑 같은 반이라던데."

마지막에 원장은 온화한 목소리는 그대로 유지한 채 딱 잘라 말했다.

"여름 방학 때 다니는 게 도저히 불가능하다면, 우리로서도 합격을 보장할 수 없어."

나는 일단 "지금까지 감사했습니다." 하고 꾸벅 인사한 뒤 상담실을 나왔다.

"고등학교 입시도 안 치른 내가 이런 말 하기는 좀 그렇지만, 때가 때인 만큼, 너 이대로는 좀 위험한 거 아냐?"

쇼 짱은 중학교부터 사립 대학교 부속을 다녔기 때문에 고등학교 입시를 치르지 않았다.

"어차피 여름 방학 때는 다닐 수가 없었어. 이제 다른 학원을 찾아볼까 해."

"내가 과외 해 줄까?"

쇼 짱은 두 손을 쫙 벌리며 "한 번에 10만 엔에." 하고 덧붙였다.

"이봐요, 쇼 짱! 거기 색 틀렸어요. 뽕나무밭이거든요."

"뭐, 이 정도는 알아보기 힘드니까 괜찮아."

"그러면 안 되죠. 그렇게 비탈진 산에 논이 있다는 게 말이 되겠어요?"

"알았어. 좋아, 오늘 중으로 지도는 끝낼게."

쇼 짱은 호쾌하게 대답하며 색연필을 놀렸다.

남은 방학은 앞으로 이틀, 나는 기분 전환이라는 명목으로 자전거를 타고 강가로 달려가 어슬렁거렸다.

올해는 정말 드물게 여름치고 시원한 편이었다. 해마다 합창 연습을 하느라 여름을 만끽할 틈도 없었는데, 3년 만에 처음으로 그런 불만을 느끼지 못했다.

집으로 돌아가는 길에 소방차 여러 대가 사이렌을 울리며 지나가는 걸 보았다. 그러고 보니, 조금 앞쪽에서 연기가 이는 것 같기도 했다.

아무래도 서점에 들렀다 가는 게 좋을 것 같아서, 나는 지금까지 오던 길 대신 다른 길로 접어들었다. 이대로 곧장 가면 요이치네 집 앞을 지나게 된다. 그런데 요이치네 집이 가까워질수록 왠지 모를 소란이 느껴졌고, 큰길도 아닌데 많은 사람들이 왔다 갔다 했다.

"불이 났대."

"어디서?"

"저 6층짜리 맨션이라는데."

곧 그린 맨션 2층이 불에 타는 모습이 보였다. 요이치네 집은 4층이기는 했지만, 같은 동이었다. 나는 자전거를 도로 옆으로 바짝 끌고 갔다. 거기서 건물을 올려다보는 요이치의 엄마를 발견했다.

"아줌마! 괜찮으세요?"

"어머, 타미 짱! 우리 맨션에 불이 났어."

요이치의 엄마는 2층을 손가락으로 가리키며 이런 상황에서도 평소와 다름없는 말투로 말했다. 최고 기온이 20도 정도밖에 안 되는 날씨에 민소매 차림이었다. 내가 점퍼를 벗어서 건네자, "고마워, 잠깐 빌려 입을게." 하며 점퍼에 팔을 꿰었다.

"청소하려고 기모노를 벗고 고무장갑을 꼈는데, 화재경보기가 울리는 거야. 그래서 허겁지겁 욕실에서 뛰어나왔지 뭐니."

빨리 신고한 덕분에 불은 20분도 안 되어 꺼졌다. 부상자도 없는 모양이었다. 관리인이 입주민들에게 각자 집을 점검하도록 지시했다.

"타미 짱! 아줌마가 조금 불안한데, 같이 가 줄래?"

"네."

중학생이 된 뒤로 요이치네 집에 들어가기는 처음이었다.

"괜찮을까?"

"물을 뒤집어쓴 것 같지는 않은데요."

집에 들어간 뒤, 곧 소방관이 점검하러 왔다.

"가스는 들어오나요?"

가스레인지 손잡이를 비틀자 파란 불꽃이 붙었다.

"전기랑 수도도 이상 없네요."

부엌 선반에 입구를 고무줄로 동여맨 리시리(홋카이도 북부 왓카나이 시에서 남서쪽으로 40킬로미터 들어간 곳에 있는 섬 : 옮긴이)산 다시마 봉지가 놓여 있었다. 할머니가 물두부(두부를 다시마 국물에 삶은 것 : 옮긴이)를 먹을 때 자주 쓰던 것을 떠올리며, 나는 흔들리는 불꽃을 바라보았다.

요이치가 집을 나서는 소방관과 엇갈리며 뛰어 들어왔다.

"괜찮아? 어디 다친 데 없어?"

"응, 우리 집은 아무렇지 않아. 타미 짱이 같이 있어 줬어."

요이치가 아직 호흡이 가라앉지 않은 얼굴로 나를 보았다.

"미안해, 내가 히사모토네 가 있는 바람에……."

"마침 요 앞을 지나는 길이었어."

"그랬구나, 고마워."

"아냐, 아줌마한테 아무 일도 없어서 다행이야."

여름 방학 중에는 당연히 요이치를 볼 일도 없었다.

요이치는 여유 있게 고등학교 입시를 준비하고 있을 것이다. 그에 비하면 나는? 입시는커녕 방학 숙제조차 제대로 끝내지 못했다. 그만큼 시간을 쏟아부은 콩쿠르도 결국 현 대회에서 좌절되었고. 그런 생각이 들자, 내가 아주 보잘것없게 느껴졌다.

요이치는 내게 너무 멀리 있었다. 멀어도 너무 멀었다.

"그럼 아줌마, 저 이만 갈게요."

"어머, 타미 짱, 모처럼 왔는데 차라도 마시고 가야지."

나는 오늘은 저녁 식사 당번이라 안 된다고 말하고 복도로 나왔다. 엘리베이터가 점검 중이라 계단으로 내려갔다. 2층까지 내려왔을 때, 위에서 쾅쾅거리는 발소리가 뒤따라왔다.

"타미!"

요이치가 내 점퍼를 들고 있었다. 우리는 층계참에서 서로 마주 보았다.

"타미, 고마워, 정말로."

"아냐. 딱히 한 일도 없는데 뭘."

요이치의 눈길이 살짝 아래쪽을 향하기에 나도 그렇게 했다. 비치 샌들을 신은 요이치의 맨발이 조금 탄 듯했다. 내 발과는 다르게 생긴 남자의 발이었다.

"콩쿠르 준비 하느라 수고 많았어."

"올해도 역시 1등 못 했는걸."

"아냐, 3년 내내 여름을 그렇게 보냈다는 게 정말 대단해."

요이치는 자전거를 세워 놓은 곳까지 따라왔다.

"그만 갈게."

내가 안장에 다리를 걸치자, 요이치가 "모레 학교에서 봐." 하고 한 손을 들었다. 나도 오른손을 가볍게 흔들었다.

타미. 요이치가 오랜만에 나를 그렇게 불렀다. 페달을 밟으며 그게 얼마 만인가를 생각해 내려고 애썼다.

"쿠니하라는 어느 어머니께 쓸 생각이야?"

출력물을 걷어서 교무실로 가져갔을 때, 국어 담당인 쿠와다 선생님이 물었다.

가위바위보에 지는 바람에 2학기 국어 학습 담당을 내가 맡게 되었다. 수업 관련 지시 사항을 아이들에게 전달하거나, 숙제를 걷어서 선생님에게 갖다 주는 귀찮은 일이었다.

다음 주 국어 시간에 엄마 앞으로 편지를 쓰는 수업이 있다. 우리 학년에 몇 명인가 아빠 없는 아이들이 있는데, 우리 반에서는 나카야마가 그랬다. 엄마는 일단, 모두 있기는 했다. 전교생을 대상으로 하는 수업이고, 다른 학년도 아마 사정은 비슷할 것이다. 물론 우리 집에 있는 사람은 엄마가 아니라 새엄마였다. 나와 아무런 유대 관계가 없는, 그저 아빠의 아내일 뿐인 사람.

지난여름이 끝날 무렵, 내가 쓴 작문이 현 전체의 중학생 문집에 출품할 학교 대표작 가운데 하나로 뽑혔다. 나로서는 지금까지 써 본 적이 없는 원고지 10매 분량의 '창작문'이었다. 등장인물은 자매였고, 언니가 죽는다는 설정이었다. 결말 부분에서 유령이 되어 나타난 언니에게 동생은 이렇게 캐묻는다. 왜 낫지 못하는 병이라는 사실을 미리 알려 주지 않았느냐고.

나는 도저히 엄마의 죽음을 있는 그대로의 '생활문'으로 쓸 수가 없었다. 그래서 그런 식으로 써 보았던 것인데, 한 줄 한 줄 써 나가면서 이야기를 완성하는 것이 얼마나 가슴 아픈 일인지 깨달았다. 결국 개학 전날 밤까지 새면서 겨우 이야기를 완성했다.

쿠와다가 볼펜으로 내 원고를 톡톡 치면서 말했다.

"이거, 어디서 베꼈니? 표절한 거 아니겠지?"

아이들 대부분은 여름 방학 숙제인 자유 작문에 원고지 5매 이하로 규정된 생활문을 제출했다. '8매 이상 10매 이하'라고 명기된 창작문에는 눈길조차 주지 않았다.

"만약 다른 사람의 작품을 표절한 거라면, 들키는 건 시간 문제야. 어때? 솔직하게 말해 봐."

내 생각과 느낌을 고스란히 담은 글을 쓰고서 들은 첫마디가 표절 아니냐고? 나는 그 순간 할 말을 잃었다.

"응, 어떻게 된 거야?"

"표절이 아닌 건 확실하지만, 결말 부분에 설득력이 없는 것 같아서 다시 쓰고 싶어요."

"그래, 표절이 아니라니 다행이네. 그럼 목요일까지 다시 써서 내도록 해."

나는 돌려받은 원고지를 박박 찢어서 음악실 쓰레기통에 던져 버렸다.

그 뒤 11월이 되어 나눠 받은 문집에 그 당시 유행했던 시가 그대로 실려 있는 걸 보았다. 그제야 쿠와다가 국어 교사로서의 의무 때문에 그렇게 물은 것이지, 악의는 없었다는 사실을 알았다.

그래서 당신을 용서하기로 했건만.

"지금 계신 어머니든, 돌아가신 어머니든, 두 분 가운데 어떤 분에 대해서 써도 좋아."

"생각해 보겠습니다. 그럼 가 볼게요."

동쪽 교사 1층에 있는 교무실에서 서쪽 교사 4층에 있는 음악실까지 가는 동안, 나는 그때 쿠와다를 용서하는 게 아니었다고 후회했다.

졸업까지 앞으로 반년도 안 남았지만, 학기가 바뀐 것을 계기로 학교에서 지정한 운동화를 새로 장만했다. 새 신발은 아침에 신으라고 했던 할머니의 가르침을 받들어, 아침 일찍 현관에서 운동화에 발을 꿰었다.

지난주에 문화제를 끝내고 합창부에서 탈퇴했다.

송별회 때 후배 몇 명이 내게 편지를 주었다. 선배에게 편지를 쓰는 게 합창부의 '전통'은 아니었기에 솔직히 기뻤다. 세심하게 고른 예쁜 편지지에 몇 장씩이나 빽빽하게 쓴 그 편지들을, 나는 밤에 여러 번 되풀이해서 읽었다.

어쨌든 마지막까지 책임을 다했다. 어른이 되어서 중학교 시절에 무엇을 했느냐는 질문을 받으면, 합창부 활동을 열심히 했노라고 망설임 없이 대답할 수 있을 것이다.

그건 그렇고, 앞으로 나는 무엇을 해야 하나? 수업이 끝나고 집에 오면 지금까지 합창부 활동을 했던 시간에 내리 잠만 잤다. 낮이고 밤이고 시도 때도 없이 졸렸고, 머리도 몸도 무거웠다.

점심시간에 이은 5교시, 오늘도 팔꿈치를 세우고 턱을 괸 채 두 눈을 뜨려고 애써 보았다. 자리가 바뀌어 뒤쪽에 앉게 되자 칠판도 잘 보이지 않았다.

4교시 수학 시간에도 거듭제곱이 잘 보이지 않았다. 2승인지 3승인지. 그 차이는 세계에서 일어나는 현상들을 완전히 뒤바꿔 버릴 수도 있을 만큼 중요했다.

사키 짱에게 안경을 쓰면 어떤 느낌이냐고 물어볼까? 하지만 원시와 근시는 전혀 다르겠지.

내 자리에서 비스듬히 앞쪽에 앉은 요이치가 시야에 들어왔다. 요이치는 수업 시간에만 검은 테 안경을 썼다. 아니다, 요이치가 쓰기 때문에 나도 안경을 쓰려는 게 아니다. 그렇게 변명도 해 보았다. 그런데 왜 이렇게 허둥대지?

농구부나 축구부의 잘나가는 애들만큼은 아니었지만, 성적이 상위권인 남자애들은 모두 여자애들에게 인기가 있었다. 그중에서도 특히 외모가 뛰어난 서너 명은 몇몇 여자애들이 좋다고 유난을 떨 정도였다. 안타깝게도 요이치는 그 안에는 들지 못했다.

보건 수업이 자습이 되었을 때, 여자애들만 교실에 남아 '결혼을 한다면 남자애들 가운데 누구랑?'이라는 주제로 장난삼아 이야기를 나눈 적이 있다. 외모가 뛰어난 아이들의 이름이 다 튀어나온 뒤에 누군가 "그럼 예상외의 등장이 있겠습니다. 무도부의 와다 요이치!" 하고 말하자, 이번에는 다른 애가 "그것 참 상당히 소박한 선택을 하셨네요."라고 대꾸해서 한바탕 웃음이 일었다.

"누가 뭐래도 결혼 하면 아이잖아. 머리가 좋은 사람이어야 된다니까."

"그렇지, 머리가 좋고 나쁘고, 이거 아주 중요해."

"확실히 와다가 머리 좋은 걸로는 최고지."

"응, 키도 크고."

"그래도 너무 얌전하지 않니?"

"그런가? 허약해 보이지는 않던데."

"무도부에서 연습하는 걸 본 적이 있는데, 꽤 그럴듯했어."

"무도부 하면 누가 뭐래도 히사모토지."

"게다가 지금 머리가 좋다고 해서 계속 그렇다는 보장도 없잖아."

"어라, 그러고 보니 와다도 꽤 좋은 순위에 들어왔네."

"얼굴이 조금만 더 잘생겼으면 좋았을 텐데."

"그거야 취향에 따라 다른 거니까."

자기들 좋을 대로 실컷 늘어놓은 뒤에, 결국 "코토가 낫지 않니?" 하는 소리에 모두 웃고 말았다.

그 일을 떠올리며 꾸벅꾸벅 졸고 있는데, 정말로 쿡쿡거리는 웃음소리가 들려왔다. 뭔가 이상하다고 느낀 순간, 영어 선생인 모리야마가 갑자기 내 어깨를 붙잡았다.

"미스 쿠니하라, 당신은 잠자는 나라(쿠니하라의 '쿠니'가 '나라'라는 뜻임 : 옮긴이)의 잠 공주인가요?"

나는 일어나서 15과를 읽어야 했다.

청소 시간에 쓰보이가 "미스 쿠니하라, 미스 쿠니하라!" 하고 소리를 지르며 놀려 댔다.

"미스 쿠니하라, 파파와 마마가 밤에 내는 소리가 시끄러워서 잠을 안 잤습니까?"

넌 참 좋겠다, 머릿속을 분홍색으로 물들이는 것만으로 즐거워할 수 있어서.

게다가 '먹지 못한다.'를 써야 할 때 '먹지 않는다.'를 쓰면 틀리는 것처럼, 이 경우에도 '잠을 안 잤습니까?'가 아니라 '잠을 못 잤습니까?'가 더 자연스러운 어법이란 말이다.

"나, 쓰레기 버리고 올게."

나는 옆에 있는 애한테 그렇게 말하고 교실을 나왔다.

"도망가는 겁니까, 미스 쿠니하라? 파파와 마마의 소리가 방해됩니까?"

쓰보이는 계단 바로 앞까지 쫓아와서 크게 떠들었다. 마침 요이치가 다른 애들 몇몇과 계단을 올라오는 게 보였다. 오늘은 아마 3조가 가사실 청소 당번이었을 것이다.

쓰보이보다는 차라리 끝까지 아무 말도 않는 요시카와가 나으려나. 나는 계단을 내려가면서 그런 생각을 했다.

과학실 앞을 지나 복도 끝에 있는 문을 통해 밖으로 나갔다. 출입문 뒤쪽에 늘어놓은 커다란 폴리에틸렌 양동이 위에 쓰레기통을 뒤집어 쏟았다.

아직 초등학생이었던 시절, 요이치가 이사 온 지 얼마 되지 않았을 때였다.

"오늘 당번은 와다네. 자, 쓰레기 갖다 던져야지."

선생님 말을 들은 요이치가 교실 뒤로 가더니 한참 동안 생각에 잠긴 얼굴로 꼼짝하지 않았다.

그 모습을 보고 있기가 안쓰러워서 내가 다가가서 물었다.

"소각로가 어디 있는지, 아직 아무도 말 안 해 줬지?"

"아, 역시 그런 식으로 말하는구나."

요이치는 그렇게 말하며 쓰레기통을 껴안고 나갔다.

"도쿄에서는 쓰레기를 '버린다'고 하지 '던진다'고 하지는 않거든."

"그래, 정말?"

"응. 그래서 처음에는 쓰레기로 던지기 놀이나 뭐 그런 걸 하는 건가 보다 생각했어."

"그랬구나, 몰랐어. 우리 할머니는 매일 '내던진다'고 말하는데. '타미코, 그것 좀 내던지고 와.' 하고."

"헤, 그러면 정말 힘껏 던져 버리라는 느낌이 드는데."

건물 안으로 다시 들어가 과학실 앞을 지나는데, 사람 그림자가 어른거렸다. 꽤 가까이 다가갈 때까지 그것이 요이치라는 사실을 알아차리지 못했다. 역시 안경이 필요한가?

"쓰보이는 누구한테나 저러니까 신경 쓰지 마."

나는 요이치가 일부러 여기까지 찾아왔다는 사실에 혼란을 느끼면서도, "나도 알아." 하고 냉정한 척 대꾸했다. 왜 솔직하게 고맙다고 말하지 못할까?

"그리고 코토한테 네가 학원 그만뒀다는 말을 들었는데."

"아, 방학 전에 잘렸어. 방학 때 안 다닐 거면 그만두라고 해서."

"이건 우리 엄마 생각인데……."

요이치는 일단 전제를 달더니 숙였던 고개를 들었다.

"너랑 나랑 같이 과외를 하면 어떨까 하고. 단체 강의를 들으면 필요 없는 설명까지 들어야 해서, 나도 학원 그만두고 싶거든."

과외 선생은 요이치가 지금 다니는 학원에서 파견해 준다는 것, 둘이 같이 하니까 비용도 비교적 싸다는 것, 10월부터 A 고등학교 입시 준비를 시작하므로 시기적으로도 딱 적합하다는 것, 대형 입시 학원이라 집에서 모의고사를 쳐도 지망하는 학교에 대한 판정을 현 단위 수준에서 알려 준다는 것. 요이치는 이런 얘기들을 담담하게 꺼내 놓았다. 갑작스러운 이야기 전개에 나는 맞장구치는 것도 잊었다.

"집에 가서 아빠랑 의논해 봐."

나는 말을 마치고 발길을 돌리려는 요이치를 불러 세웠다.

"요이치."

요이치. 오랜만에 당사자 앞에서 이름을 불렀다. 요이치가 돌아보았다. 뒷말이 얼른 나오지 않았다. 이건 아마도 자연스러운 흐름일 것이다. 마음을 거스르지 않고 솔직해질 수 있는 어떤 흐름일 것이다. 지금은 고맙다고 말하지 못하는 나 자신을 혐오하고 있을 때가 아니다. 나는 숨을 들이쉬었다.

"내가 네 발목을 잡을지도 몰라……. 수준이 안 맞아서."

"그렇지 않을 거야."

"그게, 난 여름 방학 동안 아무것도 안 했거든."

"알아, 그러니까 앞으로 하면 되잖아."

"그래도……."

"벌써 어디 다른 학원 정해서 그러는 거야?"

"그런 건 아니야."

"그럼 하기로 한 거다."

요이치가 이를 드러내며 활짝 웃었다.

그다음 주부터 요이치네 집 다다미방에서 일주일에 두 번 과외를 시작했다. 우리를 맡은 야마모토 선생은 전기 공학을 전공하는 대학원생이었다. 둥근 은테 안경을 쓰고 '수수한 자연계 사람'이라는 인상을 풍겼는데, 설명을 알아듣기 쉽게 잘했다. 느낌이 아주 좋은 선생이었다.

과외가 끝나고 집에 가려는데, 요이치의 엄마가 말했다.

"타미 짱 혼자 가면 위험하니까, 네가 바래다주고 와."

내가 먼저 현관으로 가서 신발을 신는데, 요이치가 색이 바래고 낡은 스누피 가방을 들고 나왔다. 1층 입구까지 내려왔을 때, 내가 "그건 뭐하려고?" 하고 물었다.

"돌아오는 길에 저기서 주스 사려고."

요이치는 맨션 바로 옆에 있는 자동판매기를 가리켰다.

"세 캔 정도면 그냥 손에 들고 와도 되는데, 네다섯 개는 좀 힘들거든."

"그렇게 많이 마셔?"

"한 번에 두 개나 세 개 정도. 남은 건 저장해 두지. 뭐, 내일 중으로는 다 없어지겠지만."

"차가운 걸 그렇게 많이 마시면 안 추워?"

내가 그렇게 묻자, 요이치는 자기 엄마와 똑같은 소리를 한다며 웃었다.

"게다가 탄산음료만 마시면 안 된다고 잔소리를 하셔서 내 방에다 감춰 놓는다니까."

"그 스누피 가방, 엄청나게 긴 시간을 넘어온 것 같은 느낌이야. 그걸 아직도 가지고 있었네."

초등학교 때 요이치가 체육복을 넣어서 교실 뒤에 걸어 놓던 주머니 형태의 가방이었다.

"엄청나게 긴 시간이라……."

요이치가 왼쪽 손목에 차고 있던 시계를 허공에 갖다 대며 말했다.

"빛의 시간으로 나아가면 나이를 먹지 않는다고 했던가?"

요이치가 "저기, 기억나? 우주여행에 대한 책." 하고 내게 대답을 재촉했다.

"우주여행이라……."

일단 맞받아치고 나서 곧바로 내가 다시 외쳤다.

"아아! 안드로메다에서 온 우주인 이야기!"

"그래, 맞아." 하고 요이치가 고개를 끄덕였다. 어렸을 때 읽은 학습 만화책 얘기였다.

"아아, 돌아가고 싶다. 나는 그때, 지금 이렇게 바라보는 별이 이미 사라졌을지도 모른다는 사실을 알고 깜짝 놀랐어."

빛이 초속 30만 킬로미터 속도로 1년 동안 나아가는 거리가 1광년. 북극성은 지구에서 430광년 떨어진 곳에 있다. 우리가 보는 북극성은 430년 전의 모습에 불과한 것이다. 만약에 지금 북극성이 대폭발을 일으켜 사라진다고 해도, 우리는 앞으로 430년 동안은 그 모습을 볼 수 있다.

"그렇지. 가장 가까운 곳에 있는 별이라고 해도 빛의 속도로 4년이나 걸리니까."

우주의 비밀, 신체의 비밀, 날씨의 비밀, 닌자의 비밀. 그 밖에도 '비밀 시리즈'의 종류는 많았다.

혼자서 전권을 다 갖추기는 어려워서, 서로 빌리고 빌려 주는 식으로 하자고 엄마들끼리 의견을 모았다. 나는 주산, 요이치는 가라테에서 급수가 올라갈 때마다 엄마들이 새로운 책을 사 주었다.

양쪽 집에서 똑같은 책을 사지 않는다는 것이 약속된 내용이었다. 게다가 쇼 짱에게 물려받은 몇 권까지 보태면, 두 집에서 소장한 책을 합해 시리즈가 거의 다 갖춰졌다. 우리는 그걸 독파했다.

"지금 생각해 보면, 그게 다 비밀은 아니었어."

"그래도 닌자는 나름 괜찮았어. 속임수가 들통 난 건 안됐지만."

"그러고 보니까 나, 오색미를 흉내 낸다고 집에 있던 쌀에 사인펜으로 색칠했다가 엄마한테 혼났는데."

"오색미?"

"닌자가 암호용으로 쓰던 거. 쌀에 색을 칠해서……."

"아아, 그거! 혼날 만했네."

"조릿대였지? 닌자가 수행한답시고 매일 뛰어넘던 게?"

"아니, 마였어. 처음에는 쉽게 했는데, 마는 빨리 자라니까 순식간에 난이도가 높아졌잖아."

우리는 이건 이랬다, 저건 저랬다, 떠들면서 크게 웃었다.

요이치가 우리 집 근처에 있는 자동판매기 앞에 멈춰 서더니, 동전을 넣고 버튼을 눌렀다. 그러고는 "우아, 뜨겁다." 하며 캔 하나를 꺼냈다.

"집 앞에서 차가운 음료 사려고 했던 거 아니야?"

내가 그렇게 묻자, 요이치는 "자, 비타민 C." 하며 뜨거운 레몬 음료를 내밀었다. 나는 놀란 마음을 감추고 고맙다고 말하며 받아 들었다. 캔은 정말 맨손으로 잡기에는 너무 뜨거웠다.

"감기 걸린 것도 아닌데."

"그게 아니고, 너 요즘 왠지 자주 조는 것 같아서."

요이치가 내 얼굴을 보았다. 서늘하지만 힘 있는, 현명한 사람의 눈이었다.

무슨 말이라도 해야 할 것 같아서 서두르다가 나도 모르게 목소리가 떠서 나왔다.

"레몬 50개분! 이렇게 당당하게 쓰여 있는 걸 보면 굉장히 효과가 좋은 모양인데."

내가 익살 부리듯 말하자, "진짜 몸에 좋을지 미심쩍기는 하지만." 하며 요이치도 웃었다. 우리는 왔던 길을 돌아갔다.

집에 이르렀을 때쯤에는 캔이 미지근해져서 마시기에 딱 좋았다. '딱 좋다'는 표현을 한자로 '塩梅(소금 염, 매실 초. 일본어로 양념하기, 간 맞추기, 알맞은 맛이라는 뜻 : 옮긴이)'라고 쓴다는 것을 가르쳐 준 사람은 할머니였지. 나는 그런 생각을 하면서 캔 뚜껑을 땄다.

히데코 고모와 역 스테인드글라스 장식물 앞에서 만나기로 약속했다. 고모는 쇼 짱한테 내가 안경을 맞춰야 할지 말아야 할지 망설인다는 말을 듣고, 함께 안경원에 가 주겠다고 했다.

월요일인데도 공휴일이라서 그런지 역에는 사람들이 많았다. 11시 27분. 앞으로 3분 뒤면 약속한 시각이었다. 그 3이라는 숫자에 어제 일이 떠올랐다.

평소와 다름없이 수업에 대한 전달 사항을 들으러 교무실에 갔을 때였다. 쿠와다는 출석부를 보며 숙제에 해당하는 워크북의 쪽수를 일러 주더니, 느닷없이 책상에 놓인 원고지를 집어 들고 "이거 다시 써 보지 않을래?" 하고 말했다. 그러고는 갑자기 원고를 소리 내 읽었다. 지난주 수업 시간에 내가 쓴 편지글이었다.

어머니, 잘 지내시나요?
저는 매일 건강하게 잘 지내고 있어요.
안녕.

"고작 세 줄이 뭐야? 전교에서 최단 기록이다. 더 쓸 수 있지?"

내가 대답 없이 가만히 있자, 쿠와다가 다그쳤다.

"세 줄이 뭐야, 세 줄이? 적어도 세 장은 써야지. 제대로 써서 다시 제출해."

뭘 기대하는데요? 진즉에 돌아가셔서 있지도 않은 엄마 앞으로 나는 매일 열심히 생활하고 있으니까 걱정 말라고, 언제나 하늘 위에서 지켜봐 달라고, 그런 글을 써서 기특한 눈물이라도 짜내라는 건가요? 그게 아니면, 새엄마 앞으로 감사와 노고를 치하하는 글이라도 쓰라고요?

역시 쿠와다는 용서가 안 된다.

정면에 보이는 시계가 11시 45분을 가리켰다.

고모가 약속 시간에 늦는 건 드문 일이었다.

주위를 둘러보는데 역 빌딩 안에서 히사모토가 여자애와 함께 나왔다. 나는 한 번도 이야기해 본 적이 없는 수영부 소속의 여자애였다.

나를 본 히사모토가 "안녕." 하고 알은체하며 다가왔다.

"누구 기다려?"

"응."

그렇게 이야기를 주고받는 동안, 나는 여자애가 던지는 따가운 눈길을 피하려고 고개를 들고 위쪽을 바라보았다.

히사모토가 "혹시 와다? 아, 그런 거였구나." 하면서 히죽거렸다.

"뭐라고?"

"또, 또, 새침해져서는. 쿠니하라도 포커페이스라니까."

히사모토가 흔히 쓰지 않는 단어를 아무렇지 않게 입에 올리는 바람에, 그게 이상해서 나도 웃었다.

"그 녀석도 좀처럼 나한테 입을 열지 않는단 말이야."

히사모토가 내 쪽으로 얼굴을 들이대며 "괜찮아, 나밖에 모르니까." 하고 작게 속삭이자, 태연한 척 애쓰던 여자애의 얼굴에 오싹한 기운이 감돌더니 나를 제대로 째려보았다.

"나, 사람 기다리는 중이니까 빨리 가 줘."

"수상하단 말이야."

히사모토는 웃으면서 "그럼, 간다." 하며 다른 쪽으로 걸어갔다. 뒤이어 "미안, 미안." 하고 사과하면서 히데코 고모가 나타났다.

"주차장에 들어가려는데 엄청 밀려서 한참을 그냥 서 있었어. 미안, 많이 기다렸지?"

"괜찮아. 마침 아는 사람을 만나서 얘기하고 있었어."

"그래? 누구, 친구?"

"아니, 그냥 아는 애."

안경원에 들어서자 "오늘은 따님이랑 같이 오셨나 보네요." 하면서 점원이 다가왔다. 우리가 엄마와 딸로 보이는 걸까?

"네, 잘 부탁해요."

고모가 부정하지 않기에 나도 그냥 있었다.

칠판 글씨가 잘 안 보인다는 것, 학교에서 쓸 거니까 테는 차분한 색으로, 그래도 검정은 아닐 것. 이렇게 명확한 나의 희망 사항과 안경사 경력 몇십 년이라는 점원의 적절한 조언 덕분에 태어나서 처음 맞추는 안경은 쉽게 결정되었다.

시력을 검사하고 안경이 완성될 때까지 비는 시간을 이용해 점심을 먹기로 했다.

"쇼고한테 들었는데, 너 학원 그만두었다며?"

"응."

"다른 애들은 여름 방학 때부터 본격적으로 공부한다던데."

고모가 얼굴을 찌푸렸다.

"요즘은 일주일에 두 번 과외 해. 친구랑 둘이서."

"아, 그러기로 했어? 그렇다면 다행이네. 합창부 친구?"

나는 조금 망설이다가 "엄마 친구의 아들." 하고 대답했다.

"미치코 짱의 친구?"

"고모도 알잖아, 엄마 장례식 때 와서 도와주신 고등학교 친구. 할머니 때도 와 주셨던 그분."

"아아! 다도 선생 말이지. 그렇구나, 미치코 짱 장례식 때 함께 왔던 그 남자애구나!"

고모는 요이치를 기억하는 듯했다.

"그 애도 많이 컸겠네. 지금도 여전히 타미코의 남자 친구구나."

"그런 거 아니야. 둘이 하면 수업료가 적게 드니까."

내가 "고모가 기대하는 그런 건 없어." 하고 덧붙이자, 고모는 "애, 징그럽다. 그렇게 말할 때 보면, 꼭 네 아빠랑 똑같다니까."라며 웃었다.

"그럼 멋 좀 부려야겠는데. 좋아, 치마 살까?"

"그러니까, 그런 거 아니래도. 아니라니까 자꾸."

"아무래도 상관없어. 오늘 너 옷 사 주려고, 집에 있는 상품권 다 들고 나왔으니까."

안경을 찾은 뒤, 고모는 여러 색이 섞인 체크무늬 치마를 골라 주었다. 중저가 브랜드의 옷과는 확실히 무늬를 잇는 방식이나 맵시가 달랐다. 고모는 옛날에 백화점에서 근무했던 만큼 옷을 고르고 사는 감각도 남달랐다.

"타미코, 이 치마에는 이게 딱 어울리겠는데."

고모는 터틀넥 스웨터도 사 주었다.

"앞으로 더 추워질 텐데, 목도리나 장갑은 있어? 제대로 된 거 있냐고?"

이미 내려가는 에스컬레이터에서 그렇게 물어서 "안 사도 돼. 괜찮은 거 있어." 하고 대답했다. 더 사 들고 갔다가는 아빠한테 꾸중을 들을 게 뻔했다.

저녁때까지는 아직 여유가 있어서, 우리는 차를 마시고 헤어지기로 했다.

"너랑 이렇게 외출하는 것도 정말 오랜만이다."

고모는 가볍게 커피를 저었다.

"내년이면 벌써 고등학생이라니, 세월 정말 빠르구나. 눈

깜짝할 새야.”

“될 수 있을지 없을지 잘 모르겠지만.”

“안 되면 어쩔 건데? 그럼 너만 더 곤란하지.”

고모는 내 이마를 손가락으로 탁 튕겼다. 확실히 그렇겠지.

“너, 만약 A 고등학교에 합격하면, 우리 집에서 다니는 게 더 편하지 않을까?”

고모는 앞에 놓인 컵으로 눈길을 떨어뜨리더니, 찻숟가락을 빙글빙글 돌렸다. 설탕은 이미 다 녹았을 텐데.

맞은편 자리에서 찻숟가락이 그리는 궤적을 보면서, 나는 재치 있는 대답을 찾아보려고 애썼다. 고모는 내 얼굴을 보고 있지 않았다.

“얼마 전에 본 시험, 전교에서 10등 안에 못 들었어. 나, A 고등학교는 힘들지도 몰라.”

“무슨 소리야? 괜찮아, 꼭 붙을 거야. 아직 시간 많잖아.”

고모가 찻숟가락을 원래대로 돌려놓는 것을 끝까지 지켜보고 나서야, 내가 이 상황을 무사히 넘겼다는 걸 알았다.

집까지 데려다 주겠다는 것을 길이 막힌다는 이유를 대며 거절했다.

“옷 고마워.”

역 앞 육교에서 헤어지며 그렇게 말하자, 고모는 “공부 열심히 해. 그래도 정도껏, 알았지?” 하고 내 이마를 다시 한 번 가볍게 튕겼다. 그러고는 육교를 내려갔다.

날씨가 그다지 춥지 않아서, 나는 역의 동쪽 출구로 빠져나가 집까지 걷기로 했다. 그러고 보니, 오늘 고모가 히로코 씨에 대해서는 한마디도 꺼내지 않았다는 사실이 떠올랐다.

작년 설날, 히데코 고모는 오랜만에 우리 집에 찾아왔다. 아빠가 재혼한 뒤로는 쇼 짱이 오든가 아니면 내가 가든가 둘 중 하나였고, 그 전까지 몇 년이나 고모는 우리 집에 오지 않았다.

"이거, 밤경단이야. 그리고 자, 늦었지만 타미코에게 주는 크리스마스 선물."

나는 커다란 리본이 묶인 꾸러미를 받았다. 가슴을 설레면서 열었더니, 잡지에서 모델이 입고 나온 적이 있는 차분한 빨간색 더플코트였다. 나는 탁자에 차려진, 고모가 직접 만들어 온 명절 음식들을 제쳐 두고 코트를 입어 보았다.

"정말 이런 걸 나한테 사 줘도 돼? 이거 비싸잖아. 정말 내거야?"

정말 좋아서 몇 번이나 그렇게 되풀이해 묻는 나를 보고, 함께 온 쇼 짱이 "자꾸 비싸다, 비싸다 그러니까, 너 왠지 노인네 같다."라며 웃었다. 그러자 고모가 갑자기 울음을 터뜨렸다.

"타미코를 우리 집에서 살게 하면 얼마나 좋아? 설날에 명절 음식도 안 해 먹고. 정말이지 어떻게 됐다니까!"

새해 첫 광고들을 잔뜩 실어서 두툼해진 신문을 보고 있던 아빠는 담배를 집어 들고 정원으로 사라졌다. 히로코 씨는 검은콩과 경단이 든 접시를 정리하더니 부엌으로 가 버렸다.

나는 어찌해야 좋을지 몰라 쇼 짱을 쳐다보았다.

"아빠 오실 때도 됐는데, 그만 집에 갈까?"

쇼 짱은 그렇게 말하고, 차를 꺼내 시동을 걸었다. 그날 이후로 고모는 우리 집에 오지 않았다.

저녁을 먹은 뒤에 나는 고맙다는 인사도 할 겸 고모네 집에 전화를 걸었다. 고모와 통화를 끝내고 쇼 짱을 바꿔 주는 사이에, 나는 무선 전화기를 들고 내 방으로 올라갔다.

내가 "고모가 옷을 사 주셨어." 하고 자랑하듯 보고하면, 쇼 짱은 "우리 엄마는 타미코한테만 약하다니까. 내 차 할부금도 좀 내 주면 좋을 텐데." 하고 투덜거릴 것이다. 요이치와 공부하고 있다는 말을 하면 반대로 놀림을 당할지도 모르고. 그다음에는 부질없는 말들을 나누며 웃다가 "그럼 또 봐." 하고 끊으면 그만이다.

"어이, 수험생, 떨어지면 안 된다."

"오늘 고모가 옷을 사 주셨어."

내가 "어때, 부럽지?" 하고 덧붙이자, 수화기 건너편이 한동안 잠잠했다. 왠지 느낌이 이상해서 나는 더 떠들어 댔다.

"그렇고 그런 싸구려 옷 아니고 좋은 거. 누가 뭐래도 히데코 고모밖에 없다니까."

"저기……, 타미코, 혹시 우리 엄마가 너한테 너무 집요하
게 굴지 않았어?"

나는 예상외의 반응에 당황해서 "그게 무슨 소리야?" 하고
되묻지 않을 수 없었다. 그때부터 쇼 짱은 아르바이트하는 곳
에 귀엽게 생긴 애가 새로 들어왔다는 둥 이런저런 말들을
늘어놓았지만, 아무래도 억지로 이야기를 풀어 가는 느낌이
었다.

나는 놀림을 당하지도 않고, 쇼 짱의 말만 듣다가 수화기를
내려놓았다.

오늘 요이치는 단순한 계산 실수를 반복했다.

"내가 왜 이러지? 아무래도 감기에 걸려서 제정신이 아닌
가 봐."

요이치는 긴소매 티셔츠 위에 운동복을 덧입고, 그러고도
춥다면서 파카를 껴입었다.

"매일 차가운 주스만 마시니까 그렇지."

"시끄러."

"와다가 이런 문제를 틀리다니, 진짜 민폐야."

야마모토 선생님이 그렇게 말하며 다른 때보다 조금 일찍
수업을 끝내 주었다.

집에 가는 길은 요이치의 엄마가 바래다주기로 했다.

"어머, 타미 짱! 저것 좀 봐, 보름달이야."

하늘에 커다란 달이 떠 있었다.

"정말 예쁘네요."

"지금처럼 옛날에 미치코랑 보름달을 보면서 걸었던 적이 있어."

"정말요? 그게 언제예요?"

"고등학교 때였지. 어머, 뭐야, 벌써 먼 옛날의 이야기네."

내가 모르는 고등학생 모습의 엄마.

나는 지금, 그 옛날에 엄마와 함께 지냈던 사람과 길을 걷고 있다. 이 사람은 엄마의 병에 대해서도, 또 죽음을 앞두고 있었다는 사실도 알았다. 그래서일까, 평소에는 가슴속 깊은 곳에 담아 두고 꺼내지 않았던 말이 나도 모르게 나왔다.

"엄마는 왜 저한테 진실을 말해 주지 않았을까요? 결국 저한테 거짓말을 했어요……."

요이치의 엄마가 걸음을 멈추더니 가만히 내 얼굴을 보았다. 나는 하마터면 소리를 지를 뻔했다. 나를 응시하는 강한 눈빛이 요이치의 눈빛과 똑같았기 때문이다.

"타미 짱, 그건 네가 생각하는 거랑 조금 달라……. 있잖아, 미치코는 굉장히 많이 고민했어."

"엄마가 고민했다고요?"

"응. 미치코는 결혼 전에 유치원 선생님을 했잖아……."

달빛이 요이치 엄마의 단아한 얼굴을 하얗게 떠 보이게 만들었다.

"네 엄마는 다양한 성격의 많은 아이들을 봐 왔어. 그래서 더 고민할 수밖에 없었을 거야."

요이치의 엄마는 나를 똑바로 쳐다보며 계속 말을 이었다.

"그리고 말이지, 가장 소중한 사람한테 중요한 이야기를 할 때, 사람은 더 조심스러워져서 겁쟁이가 되는 거야. 그래서 미치코는 타미 짱한테 그 말을 해야 할지 말아야 할지 끝까지 망설였던 거고."

"망설였다고요……?"

"자……, 그만 가자."

우리는 다시 걷기 시작했다.

"이상하게 들리겠지만, 아줌마는 지금 왠지 여고생 시절로 돌아간 것 같은 느낌이 들어."

요이치의 엄마가 후후후 웃었다. 나도 조금 웃었다.

모퉁이를 돌자, 집 앞에 아빠가 서 있는 게 보였다.

"어머, 저기, 아버지가 기다리고 계시네."

문 앞에서 아빠가 요이치의 엄마를 향해 머리를 숙였다.

"와다 씨 댁에 너무 큰 신세를 지고 있네요……."

"아니에요. 저도 옛날에 미치코랑 같이 공부했는걸요. 그래서 좋아요."

아빠와 잠깐 이야기를 나눈 뒤, 요이치의 엄마는 "그럼 타미 짱, 갈게." 하고 돌아섰다.

아빠가 현관문을 열며 말했다.

"목욕물 받아 놨으니까, 어서 들어가."

"나, 금방 돌아올게. 아빠 먼저 들어가."

나는 문 앞에서 다시 뛰어나갔다.

"아줌마!"

나는 자동판매기를 지나 길모퉁이 바로 앞에서 요이치의 엄마를 따라잡았다.

"저, 앞으로 엄마에 대해서 서운해하지 않기로 했어요."

"응?"

"그러니까 엄마가 망설였다는 거죠? 아줌마는 엄마랑 친한 사이였으니까, 잘 아실 거 아네요?"

"으응, 그래. 타미 짱에게 말해야 할지 말아야 할지 아주 많이 망설였어. 그건 정말이야."

"그렇다면 이제 엄마를 원망하지 않을래요. 아줌마, 정말 고마워요."

"응, 그래. 그럼 잘 자."

요이치의 엄마는 기모노 위에 걸친 팥죽색 숄을 다시 추스르면서 달빛 아래를 천천히 걸어갔다.

사키 짱의 도움을 받아 40명의 워크북을 가져다가 쿠와다의 책상에 올려놓았다.

"안 낸 사람은 누구야? 몇 명이나 돼?"

"사토랑 쓰보이, 두 명이에요. 나카야마는 오늘 결석이고 요."

"또 쓰보이로군. 둘한테 나중에 나한테 오라고 전해 줘."

쿠와다는 X 표시를 하고는 출석부를 덮었다.

"무거웠을 텐데 수고했어. 사키모토도 고마워."

"저기, 이거, 잘 부탁드립니다."

나는 어젯밤에 다시 쓴 편지글을 내밀었다.

쿠와다는 받아 든 원고를 잠시 눈여겨보더니, 고개를 들어 내 얼굴을 보았다.

"응, 잘 썼네. 올해는 잊지 않고 다시 제출해 주었고."

나는 인사하고 물러났다. 교무실을 나오자, 사키 짱이 "뭐야, 지난번 편지글 아직까지 안 냈던 거야?" 하고 물었다.

"아니야, 작년부터 안 냈던 숙제."

이해가 안 된다는 얼굴로 나를 보는 사키 짱에게 "숙제 나르는 거 도와줘서 고마워."라고만 말했다.

겨울 방학 전에 이루어진 학부모 면담에는 갑자기 출장 계획이 잡힌 아빠 대신 히로코 씨가 오기로 했다.

"학교니 선생이니, 나 그런 거 질색인데."

히로코 씨는 전날부터 안절부절못했다.

"응, 무슨 말 하면 돼? 뭐 입고 가지?"

선생님이 하는 말을 그저 "네, 네." 하고 들으면 된다는 것, 일단 보호자니까 무릎은 가려지는 치마를 입는 게 좋겠다는 것. 나는 그 정도만 조언했다.

당연히 아빠가 올 거라고 생각했는지, 코누마 선생님은 복도를 걸어오는 히로코 씨를 보고 내 팔꿈치를 잡아당겼다.

"야, 쿠니하라, 왜 말 안 했어? 아버님은?"

"그게, 급하게 출장을 가셨어요. 죄송해요, 선생님."

면담에서는 어떻게든 성적을 원래대로 끌어올리자는 말만 들었다.

"넌 할 만한 실력이 되는데, 아깝잖아. 합창부 활동 할 때 나오는 에너지는 다 어디 갔어?"

코누마 선생님은 그 말만 되풀이했을 뿐이다.

집으로 돌아가는 길에 히로코 씨가 "저 선생, 나랑 나이 비슷하지?" 하고 물었다.

"이제 막 서른이 되었을걸요."

그렇게 대답하면서 나는 선생님과 히로코 씨의 나이가 얼마 차이 나지 않는다는 사실을 깨달았다. 선생님이 불편해한 것도 무리는 아니었다.

히로코 씨가 "그래? 학교 선생을 하면 더 늙어 보이나? 그건 그렇고, 나는 학년에서 50퍼센트 안에만 들어도 대단하다, 머리 좋다, 그렇게 생각했는데." 하고 말했다.

그러고는 "실제로 그 안에 들어 본 적은 없지만." 하고 덧붙이더니, 핸드백을 흔들어 댔다.

"어쨌든 공부 잘하는데, 좋은 학교에 들어가서 손해 볼 건 없잖아?"

비아냥거리는 게 아니라 솔직한 생각을 말한다는 게 느껴져서, 나도 "그러게요." 하고 대답했다.

"아아, 저녁 하기 귀찮아. 그냥 반찬 사 갈까? 참, 오늘 아침에 텔레비전에서 샤부샤부 하는 거 보면서 먹고 싶었는데. 샤부샤부는 하기도 쉽잖아."

혼자 계속 떠들던 히로코 씨가 "좋아, 오늘 저녁은 샤부샤부로 해야겠어." 하고 결론을 내렸을 때, 내 입에서 불쑥 "있잖아요." 하고 말이 튀어나왔다. 우리 두 사람의 발걸음이 거의 동시에 멈췄다.

아무것도 아니라고 얼버무리기에는 이미 때를 놓쳤다. 나는 아랫배에 힘을 주었다.

"저기, 국물 내는 거 말인데요……."

"국물?"

히로코 씨가 눈을 깜빡거렸다.

"국물 만들 때 이상한 가루 좀 안 넣었으면 좋겠어요."

"왜? 그거 넣으면 안 되는 거야?"

"물에다 그냥 다시마만 넣어도 되니까, 그렇게 해요."

"뭐야, 그게 다야? 깜짝 놀랐네. 훨씬 더 귀찮은 일을 해야 되는 줄 알았지."

히로코 씨가 웃으며 말했다.

"오케이, 그럼 먼저 집에 가서 그것 좀 해 놔. 난 슈퍼마켓에 들렀다 갈 테니까."

히로코 씨가 잔걸음으로 뛰어갔다.

"잠깐만요!"

"이번엔 또 뭐야?"

"애당초 집에 다시마가 있기는 해요?"

"아, 없다! 써 본 적이 없어서. 알았어, 그것도 사 올게."

나는 멀어지는 히로코 씨의 뒷모습을 눈으로 좇으며 "주여, 부디 리시리나 히다카(일본 사이타마 현 남서부에 있는 도시 : 옮긴이) 걸로 사 오게 해 주세요."라고 기원했지만, 거기까지는 기대할 수 없었다.

"짜안, 이거지?"

집에 돌아온 히로코 씨가 자신만만하게 내민 다시마는 짐작했던 대로 작게 잘라서 파는 싸구려였다. 그래도 나름 애써서 만들었다는 유자즙을 넣은 소스 덕분인지, 올해 처음 먹어 보는 샤부샤부는 그럭저럭 맛이 괜찮았다.

아빠가 술을 마시는 속도도 다른 날보다 빨랐다.

쿠니하라 미치코 님께

어머니, 오랜만이에요. 잘 지내시나요? 저는 잘 지내요.

역시 어머니라 부르려니 어색하네요. 국어 수업 때문에 쓰는 편지라서 어머니라고 해야 할 것 같았는데, 언제나 엄마라고 불렀으니까, 그냥 그렇게 할게요.

사실 그동안 엄마한테 조금 화나 있었어요. 그런데 얼마 전에야 제 생각이 틀렸을지도 모른다는 걸 깨달았어요.

제가 아직 중학교에 들어가기 전, 텔레비전 뉴스 프로그램에서 말기 암에 대한 특집 방송을 하는 걸 본 적이 있어요. 그 방송에서 이제 살날이 한 달밖에 안 남은 엄마가 아들에게 자신이 곧 죽게 될 거라는 사실을 털어놓자, 아들이 우는 장면이 나왔어요. 인터뷰하는 사람이 여섯 살짜리 아이에게 죽음은 너무 어려운 이야기일 텐데, 왜 사실대로 말했는지 물었어요. 그러자 그 엄마는 "아무리 괴로워도 이 아이가 틀림없이 극복할 수 있을 거라고 믿기에 말할 수 있었다."고 했어요.

우리 엄마도 암이었는데, 저는 그렇게 생각하면서 담담하게 방송을 보다가 그 말을 듣는 순간 깜짝 놀랐어요. 그렇다면 '우리 엄마는 나를 믿지 못했다는 말인가?' 하는 생각이 들었으니까요.

엄마는 병이 나을 수 없다는 사실을 제게 말해 주지 않았어요. 전에는 제가 너무 어려서 받아들이기 힘들까 봐 말을 못 했던 거라고 믿었어요. 주위 사람들도 제가 슬퍼할까 봐 그냥 있었던 걸 거라고. 장례식 때 아무도 원망하지 않은 것도 그래서였을 거예요.

그런데 그 방송을 보고 충격을 받은 저는 너무 견디기 힘들었어요. 왜 사실대로 말해 주지 않았을까? 저는 엄마한테 조금 화가 났어요.

그런데 최근에 이런 일이 있었어요. 엄마와 가장 친했던 친구분과 보름달이 뜬 밤길을 걷게 된 날 있었던 일이에요.

달이 참 예쁘다고 하면서 걷는데, 친구분이 "옛날에 오늘처럼 보름달이 뜬 밤길을 네 엄마랑 둘이 걸었던 적이 있어." 하고 말했어요.

엄마와 그분이 고등학교를 졸업할 무렵의 일이라고 했어요. 그분은 도쿄에 있는 대학에, 엄마는 이곳의 전문대에 진학하기로 결정된 상태였고, 얼마 안 있으면 두 분은 헤어져야 했지요. 시내의 찻집에서 차를 마시고 나온 두 분은 달이 무척 예뻐서 역까지 걷기로 했대요.

"무슨 일 있으면 꼭 편지나 전화해야 돼." 엄마는 친구분께 그렇게 말했어요. 친구분은 도쿄에서 시작할 대학 생활에 큰 기대를 품고 있었지만, 그만큼 불안감도 컸다고 해요. 그래서 엄마의 그 한마디가 정말 고맙고 기뻐서 "아무 일도 없으면 편지하면 안 되고?" 하면서 울었대요. 두 분은 잠깐 울다가 크게 웃었대요. 눈물범벅이 된 서로의 얼굴이 달빛에 훤히 드러나는 바람에 그게 우스워서요. 친구분은 지금도 그때 일을 잊을 수 없다고 했어요.

그 뒤에 우리는 엄마 이야기를 했어요. 저는 엄마에게 섭섭했던 마음을 처음으로 다른 사람에게 털어놓았지요. 엄마가 그 친구분을 아주 좋아했다는 걸 알고 있었기에, 마음을 놓았던 건지도 몰라요.

친구분은 엄마가 마지막까지 저에게 사실을 말할까 말까 많이 망설이다 돌아가셨다고, 엄마는 옛날에 유치원 교사를 하면서 여러 아이들을 상대했던 만큼 훨씬 더 고민을 많이 했을 거라고 말했어요.

그 얘기를 듣고, 저는 엄마가 얼마나 괴로웠을지 이해할 수 있을 것 같았어요. 그때까지는 남겨진 제 슬픔만 생각했는데, 떠나신 엄마도 똑같이, 아니 그 이상으로 슬펐을 거라는 사실을 겨우 깨달았어요. 그리고 지금까지 철없이 화를 낸 제 자신이 너무 부끄러웠어요. 엄마 친구분과 함께 걸었던 그날 밤의 일은 저도 영원히 잊지 못할 거예요.

엄마, 지금까지 죄송했어요.

그쪽 세상은 어떤가요? 나중에 가신 할머니는 만나셨나요? 저는 사후 세계나 하느님, 부처님이 정말 있는지 아직 잘 모르겠어요. 솔직히 말해서 엄마가 돌아가셨을 때, 하느님 같은 건 없다고 생각했어요.

하지만 최근에 어디선가 '그래도 삶은 계속된다.'는 말을 듣고, 어쩌면 그럴지도 모른다는 생각이 들었어요.

딱히 종교적 신앙심이나 그런 것 때문에 하는 말이 아니에요. 엄마가 있으니까 제가 있고, 할머니가 있었으니까 엄마가 있었고. 그렇게 끊임없이 되풀이되는 걸 보면, 잘 표현하기는 힘들지만, 어쨌든 그렇다는 느낌이 들어요. 앞으로 제가 어른이 되어 가는 과정도 그런 것들을 좀 더 많이 알아 가는 시간이 될 거라고 생각해요.

제가 엄마 나이가 되어 보지 않으면 알 수 없는 것들도 많겠지요. 어른들이 종종 그렇게 말하잖아요. 커 봐야 안다고. 앞으로 스스로 잘 생각하고 판단하면서 세상을 헤쳐 나가야 한다는 것도 잘 알아요. 많은 분들이 저를 보살펴 주고 계시니까, 너무 걱정하지는 마세요.

다만 두 가지 부탁드리고 싶은 게 있어요. 만약 제가 무언가 잘못된 선택을 하려고 할 때는 "타미코, 그거 안 돼." 하고 신호를 보내 주세요. 늘 사용하는 컵이 깨진다든지, 정원에 철 지난 꽃이 핀다든지, 집에 돌아가는 길이 전부 빨간 신호가 된다든지, 어떤 것이라도 좋으니까 제게 알려 주세요.

또 한 가지는, 제가 다 포기하고 어떻게 해야 좋을지 몰라서 헤맬 때, 제 등을 살짝 밀어 달라는 거예요. 영적 능력이 없어서 쉽게 알아차리지는 못하겠지만, 그래도 엄마가 지켜보고 있다고 생각하면 마음이 든든해질 거예요. 그러면 앞으로 겪게 될 크고 작은 어려움도 잘 극복할 수 있을 거라고 믿어요. 그럼 안녕히 계세요.

　　　아주 많이 좋아하는 엄마께, 당신의 딸 타미코 드림.
추신. 할머니께도 안부 전해 주세요.

정확히 8시 30분에 교문을 통과해 출입문까지 달렸다. 하필이면 지각 체크를 하는 날에 20분이나 늦게 일어났다.

오늘 감독이 누구지? 아, 영감님이다! 좋았어!

"자, 자, 여기까지 겨우 통과다. 조금 더 일찍 일어나야지, 이 녀석아."

타케무라 옹에게 어깨를 한 대 툭 맞는 걸로 끝났다. 만약 영어 선생인 모리야마였다면, 아침부터 어처구니없는 일을 당했을지도 모른다.

"안녕, 지각에 걸렸어?"

계단에서 같은 반 나카야마를 만났다.

"아니, 그럭저럭 통과. 영감님이라서 다행이었지 뭐."

"축하해. 있잖아, 그것보다 쓰보이 말이야, 꼴좋다는 생각 안 들어?"

"쓰보이가 왜? 무슨 일 있었어?"

"뭐야, 너 몰랐어? 오늘 아침에 뉴스도 안 봤어?"

"그러니까 오늘은 늦잠을 자는 바람에 그럴 시간이 없었다니까."

쓰보이의 아빠가 술집에서 폭력을 휘둘러 종업원을 때리고 현행범으로 체포되었다고 했다.

다음 날, 학교에 온 쓰보이는 점심시간에 교실 구석에서 여러 명에게 둘러싸였다. 그제까지만 해도 함께 어울렸던 애들이 쓰보이에게 쓰레기통과 칠판지우개, 빗자루, 양동이 등을 마구 던졌다. 책상은 물론 낙서투성이가 되었고.

"변태, 호색한, 거의 그런 내용으로 썼어."

"장례식 놀이도 있잖아, 책상에 꽃을 놓는 거 말이야."

"그건 너무 낡은 수법이야."

"게다가 하얀 국화꽃도 사야 되잖아."

"정말 그러게? 돈 들잖아."

"그럼 분필로 그리자."

"쓰보이가의 묘, 그것도 써야지."

"야, 여자들도 뭐라고 좀 써 봐."

쓰보이는 곧 학교에 나오지 않았다.

아침 조회 시간에 코누마 선생님은 쓰보이의 자리를 흘낏 보더니 "당번은 수업 끝날 때까지 책상 닦아 놔." 하며 교실을 나갔다.

방과 후, 나는 학급 일지를 다 쓰고 쓰보이의 책상을 닦았다. 젖은 걸레로 문지르니 꽃도 비석도 싱겁게 지워졌다. 매직펜으로 쓴 '죽어라! 죽어 버려!'만 지워지지 않고 남았다.

책상을 다 닦고, 칠판의 날짜를 고쳐 쓰려고 당번 칸에 적힌 '사토, 쿠니하라'를 지웠다. 내일 당번인 '코토, 나카야마'의 '코' 자를 쓰려는데, '죽어라! 죽어 버려!'라는 글자가 눈앞에 어른거리며 나를 방해했다.

나는 쓰보이의 자리에 앉아 분필로 더러워진 손가락으로

'죽어라! 죽어 버려!'를 덧써 보았다.

만약 우리 아빠가 체포된다면, 사키 짱도 다른 애들 틈에 섞여 나를 공격할까? 아마 그럴지도 모른다.

친구라는 말은 너무 편리하다. 동아리끼리 함께. 반끼리 함께. 수학여행 가서는 조끼리 함께. 겨우겨우 이어져 있는 그 끈을 벗기면, 결국 혼자가 남는다.

어쩌면 학교는 그런 사실들을 깨우쳐 주는 곳일지도.

쓰보이를 싫어했기 때문에 불쌍하다는 생각은 들지 않았다. 그렇다고 딱히 죽기를 바라는 것도 아니었다.

살해되거나 일부러 높은 데서 뛰어내리지 않더라도, 엄마나 할머니처럼 사람은 언젠가 다 죽는다는 사실을 나는 이미 알아 버렸다.

나는 하얗게 분필 가루가 묻은 손가락으로 '아직은 죽지 마.'라고 썼다. 그 아래쪽에 가장 먼저 떠오른 이름을 써 보려고 했을 때, 갑자기 뒷문이 열렸다.

"뭐 하니? 왜 그러고 있어? 학급 일지를 가져올 때가 됐는데도 안 오길래 와 봤어."

"죄송해요, 선생님. 이제 끝났어요."

"아, 오늘 사토가 안 나왔구나. 미안하다. 내일 당번 한 명 당겨서 코토랑 같이 하라고 했으면 좋았을걸."

"걸레 빨아 가지고 올게요."

나는 서둘러 책상을 한 번에 훔치고 복도로 나왔다.

"이제 곧 겨울 방학이니까, 두 사람한테 사립고 합격을 위한 막강 문제들을 잔뜩 풀게 할 거야."

야마모토 선생님은 요즘 무척 의욕적이다. 요이치의 성적은 계속 최정상을 달리며 안정되어 있었지만, 나는 뚝 떨어졌다. 여전히 의욕이 생기지 않아서 잠만 잤다.

오늘도 피타고라스의 정리를 증명하는 문제 하나가 도저히 풀리지 않았다. 잠깐 생각하던 요이치는 "아, 그렇지." 하고 이내 손을 움직이기 시작했다. 나는 눈곱만큼도 짐작이 가지 않았다.

"그래, 그것만 알면 간단하지. 그럼 이건 숙제. 와다가 쿠니하라한테 힌트 좀 줘라."

선생님이 돌아간 뒤에 나는 "나, 아무래도 떨어질 것 같아……." 하며 탁자에 푹 엎드렸다.

"자, 여기 좀 봐. 여기에 보조선을 하나 그으면 어떻게 돼?"

반응이 없는 나를 위해 요이치가 다각형을 해체한 도형을 그려 주었다.

"어라, 여기랑 여기가 같은 각도가 되었네!"

"그래, 바로 그거야. 그걸 이용하면 돼."

나를 바래다주려고 바람막이 재킷을 입고 현관 앞에 선 요이치에게 아줌마가 말했다.

"요이치, 날도 추운데 새로 산 코트 입고 가지 그래?"

"뭘, 바로 코앞인데."

"잔말 말고. 자, 빨리."

요이치가 마지못해 방으로 들어가더니 회색 더플코트를 걸치고 나왔다.

"자, 둘 다 여기, 여기, 이쪽으로 와 봐."

아줌마는 나와 요이치를 문 앞에 나란히 세워 놓고 후후후 웃었다.

"더플은 역시 귀엽다니까."

밖으로 나가자, 귓속과 콧속이 찡하고 울렸다.

"홍차, 괜찮아?"

바로 옆에 있는 자동판매기에서 요이치가 따뜻한 밀크티를 샀다.

"고마워."

나는 두 손으로 캔을 받아 들었다.

"오늘은 나도 따뜻한 게 당기는데."

요이치는 커피 버튼을 눌렀다. 캔은 순식간에 열을 빼앗겼다. 우리는 한동안 말없이 음료를 마시며 걸었다. 코트를 입은 요이치가 어른스러워 보여서 어쩐지 마음이 차분해지지 않았다.

잠시 틈을 두고, 요이치가 입을 열었다.

"참, 너 안경 쓰기로 했나 보더라."

"응, 뒷자리에 앉으니까 칠판이 잘 안 보여서."

"교실에서만? 집에서는 거의 안 쓰고?"

"그러고 있어. 칠판 볼 때만."

"그럼 안경 쓰고, 방에서 창문을 한번 열어 봐. 좀 충격적인 걸 보게 될 테니까."

"그게 무슨 소리야?"

"해 보면 알아."

"뭔데?"

"일단 해 보라니까."

"수상해. 그러니까 뭐냐고?"

같은 말을 주거니 받거니 하는 동안, 어느새 뜨거운 레몬 음료가 있는 자동판매기 앞까지 왔다.

"다 마셨어?"

걸음을 멈춘 요이치가 내 손에서 빈 캔을 거두어 가더니, 자기 손에 있던 캔과 함께 쓰레기통에 버렸다.

"쓰레기는 던지는 거였지. 내던져 버리는 거."

요이치가 주머니에 손을 찔러 넣으며 웃었다.

"아니지, 쓰레기는 버리는 거지."

"반항하지 마라."

요이치가 내 머리에 더플코트의 모자를 뒤집어씌웠다.

"빨간 모자 소녀 같은데."

나도 갚아 주려고 요이치의 모자를 잡아당겼다.

"너야말로 네즈미 오토코('쥐처럼 생긴 남자'라는 뜻으로, 미즈키 시게루의 만화《게게게 기타로》에 등장하는 괴수 : 옮긴이) 같거든."

우리는 얼굴을 마주 보며 크게 웃었다. 모퉁이를 돌면 바로
보이는 우리 집이 좀 더 멀었으면……, 다시 걷는 순간 문득
그런 생각이 들었다.

대문 앞에서 요이치가 "그 편지, 지금 집에 가서 엄마한테
보여 드리려고 해……." 하고 말을 꺼냈다. 오늘 나눠 준 학교
문집에 내가 다시 써낸 편지글이 실렸다.

"보름달 이야기, 우리 엄마도 기뻐하실 거야."

요이치가 하늘을 올려다보더니 "오늘 밤엔 달이 안 떴네."
하고 중얼거렸다. 나는 부끄러워서 "그럼, 잘 가." 하고 인사
하자마자 얼른 대문에 손을 댔다.

"타미."

요이치가 나를 똑바로 바라보았다. 내가 자신의 눈길을 피
하는 것을 용서하지 않겠다는 듯 강렬하게, 그러나 따뜻하게.
아줌마에게서 물려받은 눈이었다.

"타미의 진정한 마음이 전해지는 편지였어. 나, 몇 번씩이
나 읽었어."

나는 아무 말도 못 하고 고개만 숙이고 있다가, 겨우 "잘
가." 하고 말했다.

"아까 말한 거 꼭 해 봐. 오늘은 조건도 잘 갖추어져 있으니
까."

뛰어가는 요이치의 뒷모습이 길모퉁이를 돌자 이내 보이

지 않았다.

집에 들어가자 거실에서 히로코 씨가 연말 선물로 받은 상자들을 펼쳐 놓고 있었다.

"웬일인지 오늘은 선물이 잔뜩 도착했어."

샐러드기름과 햄, 차, 술, 과자, 말린 떡 세트. 그 물건들과 엄청난 포장지가 바닥을 점령했다. 이 사람은 포장을 깔끔하게 풀어야겠다는 생각을 아예 못하는 걸까? 인사말이 담긴 카드 속지조차 한가운데가 찢긴 채 불명예스럽게 모습을 드러냈다.

히로코 씨가 "말린 떡, 맛있는데." 하고 말을 붙이기에 나도 마주 보고 앉았다.

차 상자를 열던 히로코 씨가 '호지차'라고 쓰인 차통을 내밀었다.

"이것 좀 봐. 반차를 선물하다니, 너무하지 않니?"

"반차가 아니고, 호지차예요."

"뭐라고? 그래, 반차나 호지차나 같은 거잖아?"

"전혀 다르거든요. 그러니까 반차는 녹차예요."

나는 그렇게 대답하고, 니이가타(동해 쪽에 위치한 일본의 현 가운데 하나 : 옮긴이)산 말린 떡을 집었다.

히로코 씨가 엉뚱한 소리를 했다.

"에엣? 설마! 반차는 갈색이잖아?"

"센차는 새잎으로, 반차는 그것이 성장한 큰 잎이나 줄기로 만드는 거예요. 그러니까 반차는 센차의 규격에서 조금 벗어난 것뿐이니까, 녹차의 일종이라고 할 수 있어요. 그 반차를 볶은 게 호지차고."

"뭐야, 반차가 녹차라고? 정말이야?"

히로코 씨가 눈을 슴벅거렸다.

"네, 정말이에요. 이건 요이치네 엄마가 가르쳐 준 건데, 더 북쪽 지방, 특히 홋카이도에서는 일상적으로 호지차를 반차라고 부르기도 한대요."

"나도 여태껏 녹색은 센차, 갈색은 반차라고 알고 있었어. 반차가 녹색이라는 얘기는 지금 처음 들었어."

"회사 다녔으면서 그런 것도 몰랐어요?"

"그게, 회사에서는 센차밖에 끓여 본 적이 없거든."

나는 어린애가 변명을 늘어놓는 양 입을 뾰족 내민 히로코 씨의 모습이 귀여워서 그만 웃고 말았다.

"그거야 손님한테는 당연히 센차를 대접하겠죠."

"그렇지? 그렇지?"

히로코 씨도 동의를 구하려는 듯 낄낄거렸다.

"우아, 정말 몰랐네. 좋은 거 배웠어."

히로코 씨는 차통을 돌리면서 라벨을 들여다보았다. 왠지 이건 아닌데 하는 느낌이 들었지만, 확실히 회사 같은 데서는 센차만 대접할 테니까 모를 수도 있을 것 같았다.

만약 할머니가 살아 계셨다면, 그런 것도 모르느냐고 부드럽게 혼내셨을까? 할머니는 '혼낸다'는 말을 사투리로 발음하곤 했다.

"타미코, 혼나지 않도록 착한 아이가 되어야 한다."

욕실에서 나온 아빠가 연거푸 재채기하는 소리가 들렸다.

"굉장해, 5연발이야."

히로코 씨가 또 웃었다.

나는 "뭐야, 목욕물 벌써 다 식었나?" 하며 거실을 나왔다.

2층으로 올라가자 여닫이의 상태가 나쁜 방문 틈 사이로 파란빛이 새어 나왔다.

나는 '노 디스크'라는 메시지가 떠 있는 오디오 액정 화면이 비추는 방을 가로질러 창문 앞에 섰다. 그리고 가방에서 안경집을 꺼냈다.

요이치네 집은 창문과 반대 방향에 있어서 보이지 않는다. 밤새도록 전등의 색깔로 내일의 날씨를 알려 주는 세 개의 철탑도 지금은 커다란 빌딩 그늘에 숨어 버렸다.

도대체 뭘 보라는 거지? 아직은 얼굴에 착 달라붙지 않아서 불편한 안경을 썼다. 그리고 창문을 열었다.

고개를 내민 순간, 나는 "우아!" 하고 소리쳤다. 탄성이 절로 나왔다. 별이었다. 맨눈으로 보던 평소의 밤하늘과는 비교도 할 수 없을 만큼 어마어마하게 멋진 광경. 별이 총총한 밤하늘이 안경 렌즈 너머 내 눈동자 속으로 날아들었다.

그 가운데 유난히 더 빛나는 별 몇 개가 투명한 겨울 대기 속에서 흔들리고 있었다. 요이치가 '충격'이라는 표현을 쓴 건 정말 정확했다.

지금까지 왜 한 번도 보지 못했을까? 그렇게 묻지 않을 수 없을 만큼 많은 별이었다. 언제부터인지 모르지만, 나는 별이 있다는 사실조차 깨닫지 못하고 지냈다.

대도시로 변하고 있는 이 도시에도 달이 없는 밤에는 이렇게 많은 별이 보이는구나. 짐작도 할 수 없을 만큼 까마득한 거리에 있는 이 별들이 지금도 여전히 빛을 보내고 있을지는 알 수 없다. 하지만 나는 분명히 그들이 반짝이는 모습을 지금, 이곳에서, 지켜보고 있다.

아래층에서 아빠의 목소리가 들렸다.

"욕실 비었다."

아
후
아
축
제

アフアの花祭り

나선, 코요리. 나선, 코요리.

　　어느덧 해가 서쪽으로 완전히 기운 것을 보고 허겁지겁 빨래를 걷었다.

　　나선, 코요리. 나선, 코요리.

　　이건 타미코 거, 이건 내 거, 이건 료타 씨 거. 옷을 개면서 계속 '나선, 코요리'를 읊조렸다. 멍하니 있다가 방 안이 어두워진 것을 보고서야 커튼을 쳐야지, 쌀도 씻어야지, 동동거리다 보니 6시가 넘었다.

　　학교에서 돌아온 타미코에게 "저기, 코요리가 뭔지 알아?" 하고 물었더니, 눈앞에 있는 화장지 갑에서 화장지를 뽑아 손가락 끝으로 뱅글뱅글 꼬았다.

　　"이게 코요리예요. 종이를 꼰다고 해서 '종이 지'에 '실 엉킬 착' 자를 써서 코요리라고 해요."

　　타미코는 이렇게 대답하면서 광고지 뒷면에 한자까지 써 주었다.

"이런 거 모른다고 하면 좀 그래?"

타미코는 이 질문에는 대답하지 않고, 애매한 얼굴로 자루걸레를 밀면서 바닥을 청소하기 시작했다.

"미안, 오늘 청소기 돌리려고 했는데."

"괜찮아요. 밥 먹기 전에 간단하게 하는 거니까. 그것보다 왜 갑자기 코요리예요?"

타미코가 한 손으로 걸레를 쥐고 바닥을 밀면서 물었다. 전등불이 비춘 식탁 위에 뿌연 먼지가 올라앉은 게 보였다.

"잡지를 읽는데, 나선이랑 코요리가 같이 나와 있어서."

나는 최대한 태연한 척하며 말을 이어 갔다.

"나선은 나선형 계단, 하고 알겠는데, 코요리는 얼른 와 닿지 않더라고."

내 말이 끝나자마자, 타미코가 "DNA? 유전자 이야기예요?" 하고 물어 오는 바람에 깜짝 놀랐다.

"그걸 어떻게 알았어?"

"나선에 코요리라고 하면, 이미 정해진 수순이에요."

"우아, 역시 머리가 좋구나."

내가 감탄하자, 타미코는 "상식이에요." 하면서 옆에 있는 거실 바닥까지 닦기 시작했다. 그런가, 나는 역시 상식이 부족하구나. 살짝 낙담하면서 냉장고 문을 열었다.

청소를 마친 타미코가 부엌으로 와서 내 옆에 섰다. 오늘 저녁은 타미코가 우엉볶음을 만들고, 내가 생선을 굽고 된장국을 끓일 차례다. 그렇기는 해도, 된장국은 낮에 먹던 게 남았으니까 새로 끓이지 않아도 된다.

우엉과 당근이 도마 위에서 시원한 소리를 내며 잘게 썰려 나갔다. 나는 아직도 채소를 능숙하게 썰지 못한다.

"선생님, 꽁치 담당은 무즙 만드는 것도 같이 해야 하나요?"

내가 묻자, 타미코는 "당연하죠." 하고 딱 잘라 말하더니 "유자는 제가 썰어도 돼요." 하고 익살스럽게 말해서, 나도 "당연하죠." 하고 맞장구치며 웃었다.

이렇게 되기까지 꽤 시간이 걸렸다.

예전에는 타미코가 요리에 대해 일절 말을 하지 않아서, 슈퍼마켓에서 반찬을 사 오는 일이 많았다. 포기한 걸까? 아니, 나한테 질려서일 것이다. 타미코에게 국물 내는 방법을 배운 뒤로, 내가 요리의 기초를 가르쳐 달라고 부탁했다. 그랬더니 타미코는 귀찮아하는 기색도, 잘난 척하는 기색도 없이 그 말을 들어주었다.

요리를 배운 지 얼마 안 되어 타미코의 실력이 얼마나 뛰어난지 알게 되었고, 솔직히 그 솜씨에 감탄했다. 우선 채소를 살 때부터 달랐다. 일주일 식단을 가늠해서 재료를 낭비하지 않도록 해야 한다고 당부했다. 무나 우엉, 당근 같은 뿌리채소는 조금 오래 두고 먹어도 되니까 한꺼번에 많이 사도 괜찮다는 것. 잎채소는 금방 시드니까 그러면 안 된다는 것. 나는 그런 것도 몰랐다. 슈퍼마켓에 산더미처럼 쌓아 놓은 시금치를 보면 어떻게 골라 담아야 할지 도무지 갈피를 잡기 힘들었다. 사실은 지금도 제대로 고를 자신이 없다.

나는 30년 넘게 살아오면서 도대체 무엇을 했나? 아무것도 한 게 없다는 생각이 들어 살짝 자기혐오에 빠지기도 했다. 그러다 음식의 쓴맛이나 떫은맛, 잡냄새를 없애는 방법을 배웠다. 처음으로 혼자 가자미조림을 만들어 놓고 타미코에게 "뚜껑도 잘 덮었고, 아주 잘된 것 같아." 하고 말했을 때는 정말 뿌듯했다. 합격 점을 받았을 때는 나 자신이 대견해서 기뻤다. 그때부터 절대 못할 거라고 단정했던 요리에 조금씩 흥미도 생겼다.

열여섯 살 먹은 다른 여자애들이 얼마나 요리를 잘하는지는 나도 모른다. 그러나 타미코의 몸에 밴 건 좋아하는 남자친구를 위해 도시락을 싸거나 생일 또는 밸런타인데이 때 케이크를 굽는 그런 '쿠킹'이 아니었다. 살아가기 위해 매일매일 만드는 소박한 음식, 바로 그런 류의 '요리'였다.

내가 매번 지나치게 칭찬과 경탄의 단어들을 연발했더니, 사전에 나와 있는 위로의 표현이란 표현은 죄다 갖다 쓴 타미코가 결국에는 "할머니가 엄청나게 스파르타식으로 가르치셨거든요." 하고 말했다. 그런 말은 해 봐야 내게 별로 위로가 안 된다.

"난 요리라고는 전혀 하지 않는 엄마 밑에서 자랐거든."

가끔 뜻대로 안 돼서 내가 비딱하게 말하면, 타미코는 "그

건 변명일 뿐이지, 합리적인 이유가 못 돼요." 하고 비난하는
것처럼 들리지는 않게 말했다.

"요리는 배우는 것이 아니라, 자주 해서 몸에 배게 하는 것
이라는 말이 있어요. 정말 명언인 것 같아요."

먹는 음식을 보고 그 사람이 어떻게 성장했는지 웬만큼 파
악할 수 있다는 사실을 이 집에 들어와서 처음 알았다. 그리
고 나는 지금까지 잘못된 성장의 사례를 보여 주는 사람이
아닐까 하는 생각도 들었다.

몇 년 전인가, 료타 씨가 거래처에서 쿠키 선물을 받아 왔
다. 봉지를 열었더니 버터 향이 강하게 날 뿐, 보기에는 그냥
평범한 쿠키였다. 작은 가게에서 만들었는지 라벨의 유통 기
한도 손으로 직접 써넣은 것이었다. 그런데 별 기대 없이 쿠
키를 입에 넣은 순간, 입안에서 쿠키가 사르르 녹았다.

나는 깜짝 놀라서 2층 타미코 방으로 뛰어가 "이거 엄청 맛
있는데, 너도 먹어 봐." 하고 내밀었다. 이 집에 들어온 지 얼
마 되지 않았을 때였고, 지금처럼 서로 마음을 터놓고 지내
지도 않을 때였다. 그래도 타미코에게 그 맛을 보게 해 주고
싶었다.

"정말이네. 맛있어요."

타미코도 동의했다. 작은 상자 안에 자그마한 봉지가 딱 두
개 들어 있어서, 나는 아무 생각 없이 "되게 작네. 아빠 몫은
없겠는데. 좀 더 많이 들었으면 좋았을걸." 하고 말했다.

그러자 타미코가 웃으며 말했다.

"정말로 맛있는 거니까, 조금만 먹어도 돼요."

그러고는 라벨을 보면서 "불필요한 건 하나도 들어 있지 않네요. 그만큼 유통 기한은 짧지만, 진정한 쿠키예요." 하는 게 아닌가. 그때 역시 평범한 애가 아니라고 생각했다. 아직 중학교에 들어가지도 않은 애가 어떻게 그런 말을 하느냔 말이지, 어떻게.

엄마가 일찍 돌아가신 아이는 이렇게 빨리 세상의 이치를 깨닫는 법일까? 할머니 손에 자란 아이들은 다 이런가?

이 아이는 내게 부족한 많은 것을 지니고 있다. 이 아이는 그저 학교 공부만 잘하는 영리한 아이가 아니다. 만약 그런 아이였다면 쉽게 미워할 수 있었을 텐데……, 나는 그럴 수가 없었다.

우엉을 다 볶은 타미코가 "저기요." 하며 고개를 옆으로 돌렸다.

"혹시 아기 생기신 거예요?"

나는 막 집어 들던 강판과 무를 떨어뜨릴 뻔했다.

"그걸 어떻게 알았어?"

나는 소리를 질렀다. 어, 어, 어떻게? 너 뭐, 뭐야? 혼란스러웠다. 타미코는 "침착하세요." 하고 웃더니, 언제 내 손에서 빼앗아 갔는지 무즙을 내기 시작했다.

"안 봐도 뻔하죠."

"무슨 소린지 모르겠어…… 어떻게 안 거야?"

"으음, 그거야 히로코 씨 입에서 유전자랑 관련된 단어가 나왔으니까, 그거밖에 없잖아요."

나는 "어머, 생선 타요!" 하는 말을 듣고, 가스레인지의 손잡이를 돌렸다.

"그렇구나, 그런 거였구나. 그래서 알아 버렸구나."

나는 다 구운 꽁치를 겨우 접시에 옮겨 담았다. 동요하는 바람에 젓가락으로 집은 몸통 부분이 조금 뭉개졌다.

타미코가 유자를 잘랐다. 허공에 감도는 유자 향기를 맡는 순간, 갑자기 어깨에서 힘이 쏙 빠졌다.

"있잖아, 내 나이가 나이인지라 다운증후군이니, 뭐 그런 걸 생각하지 않을 수 없어서."

"그래요?"

타미코가 고개를 들었다.

"꽤 많이 조사했나 보네요."

"응. 그런데 처음 듣는 말뿐이라서 잘 모르겠어. 이래서 난 옛날부터 과학이 싫었다니까."

과학을 무척 좋아하는 소녀 타미코가 씁쓸하게 웃었다.

"그래도 그렇게 나이가 많은 건 아니지 않아요? 요즘에는 마흔 넘어서 아기 낳는 사람도 많다던데."

"뭐, 그렇기는 한 모양이지만."

나는 그렇게 대답하고 만들어 둔 된장국을 데웠다.

"나이를 많이 먹은 엄마한테서는 유전병에 걸린 아기가 태어날 확률이 높다고 하더라고."

나는 타미코가 대답하기 곤란해한다는 것을 알아채고 "그래서 DNA, 내 입에서 DNA가 나온 거야." 하고 익살을 떨어 보았다.

"그런 건요, DNA보다 염색체와 관련된 거예요."

"염색체?"

한자는 금방 떠오르지 않았지만, 그런 단어를 들어 본 적은 있는 것 같았다. 내가 "어떤 형태인데?" 하고 물었더니, "형태?" 하고 타미코가 잠시 생각하는 듯했다.

"으음, 곤약 같다고나 할까요?"

"뭐, 곤약?"

"맞아요, 졸인 곤약요. 묶여 있는 그런 형태."

"무슨 소린지 잘 모르겠어."

나선과 코요리와 곤약. 전혀 이미지가 떠오르지 않았다.

"제 방에 좋은 책이 있으니까, 나중에 빌려 드릴게요."

타미코가 식탁에 반찬을 늘어놓았다.

새엄마한테 아기가 생겼다는데, 어쩌면 이렇게 담담할까? 그게 아니면 일부러 그러는 거니?

내가 식탁에 접시를 늘어놓는 타미코의 등에 대고 조심스럽게 말을 꺼냈다.

"저기 말이야, 타미코는 괜찮아?"

"뭐가요?"

타미코가 미심쩍다는 얼굴로 돌아보았다.

"그러니까…… 내가 아기 낳는 거 말이야."

"그게 왜요? 좋은 게 당연하잖아요."

어떻게 전해야 좋을지 가장 걱정했던 상대가 순순히 받아들여 주니까 왠지 맥이 쏙 빠졌다.

"아빠는 좋아하실까……?"

"엣, 아빠 아직 몰라요?"

타미코가 드물게 큰 소리를 냈다.

"응, 아직 말 못 했어."

"그건 또 왜요?"

"그러니까 그게……."

그때 마침 인터폰이 울렸다.

"호랑이도 제 말 하면 온다더니."

나는 현관으로 나갔다.

타미코도 나도 더는 그 이야기를 꺼내지 않고 잠자코 저녁을 먹었다.

료타 씨가 태평하게 말했다.

"꽁치가 맛있네."

설거지를 마칠 때쯤 타미코가 불러서 2층으로 올라갔다. 타미코의 방에는 커다란 책장에 책들이 가득 꽂혀 있다. 과학책이 가장 많았지만, 고등학생이 된 뒤로는 특히 문고본이 늘어난 듯했다.

중·고등학교 시절, 내 방 정리함에는 만화책만 빼곡했는데. 아, 맞다! 애당초 내 방에는 책장 자체가 없었지. 멍하니 그런 생각을 하고 있는데, 타미코가 "자, 이거요." 하면서 커다란 책을 건넸다. 훌훌 넘기면서 살펴보았더니 컬러 사진이 많았다.

"엄청 간추려서 말하면, 세포 안의 핵이라는 부분에 유전 정보, 즉 '유전자'라 불리는 것이 DNA의 배열 방식으로 기록되어 있어요. 그게 나선처럼, 그리고 팍 오그라든 노끈처럼 꼬여서 두껍게 된 것이 염색체예요."

"아, 그거야, 그거! 나선과 코요리가 한꺼번에 나왔다니까."

"그게 자, 이거예요."

타미코가 손가락으로 가리킨 사진에는 확실히 졸인 곤약 같은 것이 나와 있었다. 그런데 빨간색이었다.

"빨간색이네."

"이건 세포가 분열할 때 염색되는 장면이에요. 그게 염색체라는 이름이 붙게 된 유래이기도 하고."

"으음."

"이 책은 설명이 아주 간단해서 이해하기 쉬우니까, 한번 읽어 보세요."

"응, 알았어. 이 정도라면 문장이 어려워도 사진이 많으니까."

무식함을 그대로 드러내는 말만 늘어놓는 내 얼굴을 타미코가 가만히 바라보았다. 그러다 나와 눈이 마주치자 "축하해요." 하고 말했다. 나는 왠지 부끄러워서 고맙다는 인사도 못 했다.

"응, 잘 자."

겨우 그렇게 말하고 방에서 나왔다.

고등학교를 졸업한 뒤 7년이나 근무했던 작은 회사가 도산했다. 아무런 예고도 없이 너무나 갑작스레 닥친 일이었다.

나는 줄곧 엄마와 둘이 살았다. 부모님은 내가 어렸을 때 이혼해서 아빠에 대한 기억은 거의 없다.

엄마가 현에서 가장 번화한 거리에 있는 술집에서 일해서 그리 가난하게 생활하지는 않았다. 술집의 마담이 엄마를 마음에 들어 했고, 무엇보다 엄마가 자신이 하는 일을 무척 좋아했다. 그건 내게도 긍지였고, 구원이었다.

학교에서 아이들이 엄마가 물장사한다고 비웃어도 아무렇지 않았다. 속으로 '너희 엄마들이 쿨쿨 자는 시간에 우리 엄마는 열심히 일해. 어때, 대단하지?' 그렇게 생각했다. 사치는 부릴 수 없었지만, 엄마는 생일이나 크리스마스 때는 내가 갖고 싶어 하는 선물을 반드시 사 주었다.

회사를 그만두고, 엄마가 조금 쉬는 게 어떻겠냐고 해서 가끔씩 아르바이트만 하면서 3년 가까이 빈둥거렸다. 그러다 아무래도 밥값 정도는 벌어야겠다는 생각에 파견 회사의 인재 뱅크에 등록했다. 고졸에 자격증도 없는 스물여덟 살 여자. 처음부터 큰 기대는 하지 않았다.

"이러다가 엄마랑 딸이 같은 일을 하게 되는 거 아니냐?"

엄마가 농담처럼 이런 말을 꺼냈을 때쯤 사무 보조 일이 들어왔다. 게다가 대기업 지사라서 당장 하겠다고 나섰다.

나보다 더 놀란 엄마가 "굳이 파견 사원이라는 말만 안 하면, 너도 대기업에 다니는 여직원이네."라며 깔깔거렸다.

서류 복사, 택배 발송, 우체국 심부름 같은 잡일이었다. 말하자면 필요할 때 쓰다가 적당한 때 내보내는 아르바이트생 같은 취급을 받았지만, 마음은 편했다. 큰 실수만 하지 않으면 중도에 계약을 파기당하는 일도 없었다. 같은 부서에 파견 사원이 나뿐인 것도 다행이었다. 여자 정사원이 두 명 있었지만, 딱히 맞닥뜨리는 일은 없었다. 그들은 너 같은 파견 사원이랑 우리는 달라, 그런 얼굴을 했다. 덕분에 성가신 인간관계에 말려들지 않고 지낼 수 있었다.

처음 한 달을 무사히 보내고 3개월이 지나고, 1년이 지나 계약 기간이 끝났다. 때마침 같은 회사의 다른 부서에서 사무 보조를 모집하는 중이었는데, 계속할 생각이 있느냐며 나를 소개해 주었다. 나는 한 층 아래에 있는 사무실로 옮겼다.

새로 간 부서에는 파견 사원이 나 말고 한 명 더 있었고, 또 시간제로 일하는 나보다 한 살 많은 여직원도 한 명 있었다.

그런데 이 여자가 보통내기가 아니었다. 나나 다른 파견 사원이 끓인 차를 마치 자기가 끓인 것처럼 손님 앞에 들고 가곤 해서 영 마음에 들지 않았다. 내가 주전자에서 물을 따르기만 하면 어디서 나타났는지도 모르게 확 끼어들어서는 "아, 그거, 내가 가지고 갈게." 하며 부랴부랴 접객실로 사라졌다.

그날도 나는 확대와 축소를 반복하며 겨우 끝낸 복사물을 부탁한 사원에게 가져가는 길에 또 그 여자한테 가로채였다.

"내가 가지고 갈게, 이리 줘."

내게서 종이 다발을 빼앗은 그 여자는 "요코타 씨, 여기 있어요." 하며 남자 사원들을 대할 때만 보이는 태도로 웃었다.

"그거, 타케가와 씨한테 부탁했는데."

"그 사람, 확대와 축소를 어떻게 하는지 모르는 것 같더라고요."

"그래요? 고마워요."

어른이 된 뒤로 이렇게 사람을 내동댕이쳐 버리고 싶을 만큼 열 받기는 처음이었다.

속을 부글부글 끓이며 퇴근하는데, 마침 맥도널드 간판이 눈에 들어왔다.

'빌어먹을, 오늘은 빅맥을 먹어 줘야겠어, 저 거지 같은 여자 때문에. 포테이토도 먹고, 밀크셰이크도 먹어 주겠다.'

2층에 자리를 잡고 앉아 입을 크게 벌리고 아무 생각 없이 햄버거를 먹는 동안 조금씩 화가 가라앉았다. 남은 계약 기간은 앞으로 3개월. 그때까지만 참자.

그러자 이번에는 갑자기 마음이 불안해졌다. 다시 새로운 일자리를 찾을 수 있을까? 머지않아 구직 희망 서류의 '30살 이상' 칸에 동그라미를 쳐야 한다. 그리고 또 1년 뒤, 나는 무엇을 하고 있을까?

몇 번인가 연애를 해 봤고, 별 생각 없이 사는 동안 서른이 되었다. 세상에서 떠드는 만큼 나이에 집착하지는 않았지만, 아무리 시대가 바뀌었어도 세상은 여전히 보수적이었다. 나 역시 서른이 가까워지면서 주위의 남자들에게서 받는 대우가 20대 전반과는 다르다는 것을 실감했다.

멍하니 그런 생각들을 하고 있는데, 정면의 좁은 계단으로 낯익은 사람이 올라왔다. 옆 부서의 쿠니하라 부장이었다. 일로 직접 마주친 적은 없지만, 언제나 책상에 우편물을 가져다 놓기 때문에 얼굴은 알았다. 말을 나눠 본 적은 없었지만.

상대도 나를 알아본 것 같아서 "안녕하세요." 하고 인사했다. 금요일 저녁이라 가게 안은 몹시 혼잡했고, 내 옆자리 말고는 빈 의자가 없었다. 이야기를 나눌 수 있을지 자신은 없었지만, 우선 앉으라고 권했다.

"누구 기다리는 거 아녜요? 미안하네."

사과를 하기에, "아니에요, 혼자예요. 저녁 먹는 거예요." 하고 얼른 대답했다. 말하고 나서야 아차 싶었다. 여자 혼자서 햄버거라니, 남 보기에 영 안 좋은 모습이었다.

"부장님은 다시 야근하러 들어가시나 보죠?"

"아니, 나도 이게 오늘 저녁."

그렇게 말하면서 햄버거 포장지를 벗겼다. 이 사람 결혼했을 텐데, 그런 생각이 들었지만, 너무 사적인 질문이라 물어볼 수는 없었다. 그 뒤 그저 그런 이야기, 날씨가 어떠니 하는 이야기들을 조금 나누다가, 먼저 가게를 나왔다.

그런데 2주 정도 지나고, 이번에는 역 뒤쪽에 있는 모스 버거에서 우연히 또 만나게 되었다. 우리는 넓고 텅 빈 가게에서 서로 마주 앉았다.

"혹시 부인과 별거 중이시라든가……."

"아내는 죽었어. 몇 년 전에."

일부러 농담하듯 던진 말이었는데, 뜻밖의 대답이 돌아왔다. 나는 기어드는 목소리로 "죄송합니다." 하고 사과했다.

"아니, 천만에."

"천만에라는 말은 이상해요. 정말 죄송해요."

쿠니하라 부장이 웃었다.

"식사는 항상 장모님이 챙겨 주시는데."

"돌아가신 부인의 어머니 말이에요?"

"응. 초등학교에 다니는 딸이 있어서 집안일을 전부 맡아서 해 주시거든. 그런데 매일 장모님이 해 주시는 집 밥만 먹었더니, 반대로 이런 정크푸드가 먹고 싶어지더군."

쿠니하라 부장은 그렇게 말하면서 포테이토를 집었다.

어린 시절, 나는 엄마가 출근하기 전에 항상 저녁을 함께 먹었다. 즉석식품이나 배달 음식, 아니면 동네에 있는 작은 식당이나 라멘 가게에 가는 정도였지만, 엄마는 절대 나 혼자 과자나 빵으로 저녁을 때우게 하지는 않았다.

쿠니하라 부장의 초등학생 딸은 어떤 마음일까? 할머니와 함께 있다고는 해도, 아빠도 엄마도 없이 저녁을 먹어야 하다니. 나도 모르게 눈물이 나왔다. 쿠니하라 부장이 흠칫 놀라는 얼굴을 했다.

나는 울다가 웃으면서 물었다.

"따님 이름이 어떻게 돼요?"

"타미코."

'시민' 할 때 '민' 자를 써서 타미코. 부장이 손가락으로 탁자 위에 한자를 썼다.

"햄버거가 드시고 싶을 때는 언제든 말씀하세요. 제가 함께 있어 드릴게요. 맥도널드든 켄터든 모스든 퍼스트 키친이든요."

"켄터가 뭐야?"

내가 '켄터키 프라이드치킨'이라고 대답하자, "아아, 그렇게 줄여서 부르는구나." 하고 진지한 얼굴로 대꾸했다. 나는 그 모습이 너무 우스꽝스러워서 웃음을 터뜨렸다. 이런 데서 나이가 드러나는구나 싶어서였다.

"저는 아빠가 안 계신데, 항상 엄마랑 같이 저녁을 먹었어요. 이런 패스트푸드뿐이긴 했지만요.”

“그런가?”

“저녁밥은 타미코 짱이랑 드셔야죠. 아빠도 엄마도 없이 저녁을 먹게 해서는 안 될 것 같아요.”

나는 부장의 손에서 떨어진 포테이토를 살며시 주웠다.

“타미코는 2년 뒤면 대입 수험생이야.”

“네, 그러네요.”

“그러네요? 자네가 알 턱이 없지…….”

시누이가 내가 내놓은 차를 한 모금 마시더니 얼굴을 찌푸렸다. 료타 씨의 누나인 이 사람은 나를 상당히 미워한다. 타미코 발, 쇼고 경유로 내가 임신한 소식을 들었으리라. 일부러 료타 씨도 타미코도 없는 평일 점심때를 노리고 집에 찾아왔다.

“아이가 태어나면 집 안이 어수선해지고, 료타도 아기한테만 붙어 있게 돼. 그런 상황이 수험생한테 좋을 것 같아?”

나는 이번에도 “그렇겠네요.” 하고 대답할 수밖에 없었다.

“정말이지 자네는 아무것도 모른다니까!”

시누이가 식어 버린 차를 단숨에 들이켰다. 아까부터 계속 쇳소리를 질러 대니 목이 마르기도 하겠지. 찻잔 테두리에 빨간 립스틱 자국이 선명하게 찍혔다.

“차 한 잔 더 드릴까요?”

시누이가 손가락으로 립스틱 자국을 닦으며 대답했다.

"됐어. 너무 연해서 뜨거운 물맛밖에 안 나."

'그럼 그렇게 벌컥벌컥 마시지 마요.'

나는 속으로만 대꾸했다.

이 여자는 타미코를 몹시 아낀다. 전부터 타미코를 쇼고의 여동생으로 삼고 싶어 했다는 말을 들었다. 처음 인사하러 갔을 때, 내가 졸업한 학교와 우리 엄마가 하는 일을 묻기에 대답했더니 대성통곡을 했다.

쟤네 엄마는 물장사한대.

그 옛날의 후렴이 떠올랐다. 그때까지 아이들한테 놀림이나 동정을 받거나, 아니면 사람들이 싸늘한 눈빛으로 나를 바라본 적은 있었다. 그러나 울음을 터뜨릴 만큼 거절과 부정을 당하기는 또 처음이었다. 그날 이후로 시누이는 이 세상에서 내게 적의를 드러낸 첫 번째 인간이 되었다.

"애초에 나는 자네와 료타의 결혼을 인정하지 않았고, 앞으로도 받아들일 생각은 없어."

지금까지 몇 번이나 들었던 말을 또 하네, 그러면서 나는 흘려들었다. 아, 빨리 돌아갔으면 좋겠다. 벽시계를 힐끔거리는 시늉도 해 봤지만, 이야기를 끝낼 생각은 없어 보였다.

"만약에 아이를 낳을 생각이라면 입시가 끝난 다음에 하라고, 내가 처음부터 그렇게 말했을 텐데."

"저기, 그게, 이번 일은 저도 예상을 못 했던 거라서……."

나는 말을 얼버무리며 "일단 고등학교 입시는 끝났으니까."
라고 덧붙였다. 그러자 시누이는 지금껏 내지른 소리보다 더
큰 성량으로 호통을 쳤다.

"입시라고 한 건 대학 입시도 포함해서라는 의미야! 우리
타미코를 자네 같은 고졸짜리 인간이랑 똑같이 취급하지 말
아 주게."

"죄송합니다……."

내 말이 미처 끝나기도 전에 "그럼, 그만 가 보겠네." 하며
시누이가 핸드백을 들고 일어섰다. 현관에서 구둣주걱을 건
넸지만 무시당했다.

시누이가 쭈그려 앉은 채 내뱉듯이 말했다.

"요즘 고령 출산이 유행하는 모양인데, 여자 나이 서른 중
반이면 결코 젊지 않아. 태어나는 아이한테 이상이 있을 가
능성도 높고."

통통한 중년 여자의 등 뒤에 서서, 나는 이 여자가 1초라도
빨리 이곳에서 사라져 주기를 간절히 바랐다.

"병이 있건 건강하건, 어쨌든 아이가 태어나면 자네와 료
타가 고생하는 건 나도 상관 안 해. 열심히 잘해 보라고. 하지
만 타미코를 끌어들이면, 그건 용서 못 해. 자네의 아이 때문
에 타미코가 참고 살아야 한다는 건 말도 안 되니까. 자네 하
나로도 이미 충분해. 나는 지금도 타미코를 우리 집으로 데
려가고 싶은 마음에 변함이 없어."

시누이는 난폭하게 문을 닫고 나갔다. 나는 쥐고 있던 구둣주걱을 내던졌다. 빅맥을 먹던 날 밤의 일이 떠올랐다.

유리그릇에 담긴 노른자가 봉긋했다. 신선한 달걀과 오래된 달걀은 노른자의 탱탱함부터 다르다는 사실도 요리를 시작하고서야 알았다. '컬레이저(조류의 알 속에 있는 알끈 : 옮긴이)'라는 단어도, 그걸 없애는 방법도 타미코한테 배웠다.

내 알은 어떨까? 달걀 프라이의 맛이 좌우되는 걸 보면 분명 한 인간의 됨됨이와도 관계가 깊을 것이다. 칠칠치 못하게 노른자가 뭉개져 있다면 그나마 다행이다. 만약 흰자까지 흐트러져 있다면? 잠깐만! 그런데 애당초 사람의 알에 노른자니 흰자니, 그런 게 있기는 한 거야? 아무리 그래도, 그런 것까지 타미코한테 물어볼 수는 없잖아. 껍데기가 없다는 것만은 나도 알겠는데 말이지.

나는 잡념을 떨쳐 버리려고 유리그릇에 담긴 달걀을 휘저었다.

그날 밤, 나는 료타 씨에게 어떻게 말을 꺼내야 좋을지 몰라 "타미코한테 책을 빌렸어." 하고 말한 뒤에, 한동안 책장을 넘겼다.

"그리고 이 책은 내가 샀어."

이번에는 임신 관련 잡지를 보여 주었다. 료타 씨는 말없이 내 얼굴을 쳐다보았다. 그러고는 "정말이야?"를 두세 번 되풀이했다.

"병원에는 갔다 왔어?"

"응."

"그래……."

확실히 당황한 기색이 역력했다.

"낳을 수는 있는 거야?"

"나이 때문에? 서른이 넘어서?"

"아니, 그렇다기보다. 뭐, 그것도 그렇고."

분명치 않은 말투에 내 마음이 초조해졌다.

"나, 아이 낳으면 안 되는 거야?"

그렇게 말해 놓고 보니, 왠지 진부한 드라마의 대사를 읊조린 것 같아 나 자신이 우스웠다.

"아니, 안 되는 건 아니지만……."

나는 결국 료타 씨의 흐리멍덩한 태도가 견딜 수 없어서 이렇게 말했다.

"타미코는 낳아도 좋다고 했어."

"타미코한테 먼저 말했어?"

예상했던 대로 료타 씨는 눈을 크게 뜨더니 내 쪽으로 확 다가왔다. 역시 사랑하는 딸의 힘은 위대하군.

"아니. 타미코는 머리가 좋으니까, 내가 말하기도 전에 눈치채던데."

"그래서…… 타미코가 뭐래?"

"괜찮으냐고 물었더니 좋다고, 축하한다고 했어."

료타 씨는 대답하지 않고, 한동안 허공만 응시했다. 타미코한테는 승낙을 받았는데 료타 씨는 안 된다고 하면, 나는 상처를 받을까? 멍하니 그런 생각을 했다.

"알았어, 조금만 더 생각할 시간을 주지 않을래? 너무 갑작스러워서 놀랐어."

나도 깜짝 놀랐거든요, 그렇게 말하고 싶었지만, 그만두기로 했다. 나도 나름대로 이것저것 생각하고 있답니다. 알맹이 없는 머리로 열심히.

"신생아에게 나타나는 가장 많은 염색체 이상은 다운증후군입니다."

많다는 게 어느 정도일까? 천 명에 한 명이라고 쓰여 있는데, 잘 모르겠다. 내가 거기에 들지, 안 들지.

"제21번 염색체가 하나 더 많아서 세 개 있습니다."

가지고 있어야 할 게 부족해서 문제가 생기는 거라면 그럭저럭 이해가 가지만, 많아도 안 된다는 건가?

여러 가지 생각이 한꺼번에 맴도는 통에 머릿속이 복잡해져서 나는 소파에 누웠다. 그러는 사이 잠이 든 모양인지, 학교에서 돌아온 타미코가 나를 깨웠다.

"왜 그래요? 몸이 안 좋아요?"

"아, 미안. 아니야, 깜빡 잠들었나 봐."

나는 정말 넉살이 좋은 것 같아, 그렇게 생각하면서 일어났다. 타미코가 가만히 나를 보았다.

"정말 괜찮아요? 혹시 입덧하는 거 아니에요?"

"아무렇지도 않아. 입덧도 안 해. 앞으로 하게 되려나?"

"그런 걸 저한테 물으면 어떡해요."

부엌으로 갔더니, 달걀이 담긴 볼이 개수대에 뒤집어져 있었다. 달팽이가 기어간 것처럼 노른자 자국이 배수구까지 이어졌다. 주위를 둘러보니 거품을 낸 그릇에서 튄 달걀 푼 물이 여기저기 흩어져 있었다.

타미코가 금방 옷을 갈아입고 내려왔다. 아무래도 걱정하는 눈치였다.

"정말 괜찮아. 있잖아, 임신하면 자꾸 잠이 쏟아지는 걸까?"

"그러니까 그런 걸 저한테 물으면 어떡하느냐고요? 저도 모른다니까요."

타미코가 어이없다는 듯 웃어서 마음이 조금 놓였다.

"달걀 국을 끓이려고 했던 건데, 안 해도 되지?"

"그래서 여기저기 달걀 노른자가 튀었구나."

"죄송합니다……."

"그럼 된장국 뭐 넣고 끓여요?"

나는 냉장고 문을 열면서 "아침에 먹은 거랑 똑같아도 괜찮다면, 미역이 있는데." 하고 말했다.

"아, 참……."

타미코가 그렇게 말하면서 채소 칸에서 토란이 든 봉지를 꺼냈다.

"가만히 앉아 계세요. 제가 알아서 할게요."

타미코가 앉으라고 재촉하기에, 나는 식탁 의자에 앉았다.

조리대 너머로 타미코를 보았다. 아직 천진난만한 모습은 남아 있지만, 요즘 들어 아이에서 여자의 얼굴로 변해 가고 있는 걸 느꼈다.

아아, 내게도 이런 시기가 있었겠지. 그렇게 변해 가는 내 모습을 끝까지 지켜봐 준 사람은 우리 엄마일 테고. 그런 생각을 하니, 문득 가슴이 뭉클해졌다. 타미코가 어른이 되어 가는 모습을 돌아가신 친엄마 대신 내가 지금 이 자리에서 지켜보고 있다는 사실이.

임신을 하면 감수성이 예민해지는 걸까? 갑자기 모성이라는 게 생기는 걸까? 무슨 말이든 하지 않으면 울어 버릴 것만 같았다.

"흙 묻은 토란 껍질을 벗겨서 요리하는 고등학생은 너 말고는 없을 거야, 그치?"

나는 토란 껍질을 잘 벗기지 못한다. 토란으로 만든 음식은 좋아하지만, 미끈거리는 껍질이 싫어서 굳이 요리에 쓰지는 않는다.

"그런가요, 또 있지 않을까요?"

"없을 거라고 확신해. 지금 이 순간, 아마 일본에서 타미코한 명뿐일 거야. 이거 왠지 굉장한 일 같은데."

"고작 토란 가지고 뭘 그렇게 허풍을 떠세요."

"아냐. 정말 굉장한 거라니까!"

타미코는 "그런가요." 하고 담담하게 받아들였다.

나는 어릴 때부터 우등생이 싫었다. 내가 공부를 못하는 열등생이었기에 비딱한 마음에서 그랬는지도 모른다. 학교 성적이 좋다는 이유만으로 다른 건 아무것도 못하는 주제에, 왜 그렇게 잘난 척들을 하는지 이해가 안 갔다. 사회인이 돼서도 회사 안에서 학력에 따라 반드시 계층이 생기는 게 신기했다. 그리고 좋든 싫든, 내가 최하층으로 평가받는다는 데 놀랐다.

고학력자들 가운데는 정말 훌륭해서 존경하고 싶은 사람들도 있었지만, 그보다 이론만 앞세우는 쓸모없는 사람들이 더 많았다. 게다가 그런 사람들일수록 '자기가 세상에서 가장 멋있고 잘났다.'고 착각하는 경우가 많으니, 얼마나 웃기는 일인가!

나는 타미코가 중학교에 다닐 때 학교 성적과 등수를 알고 살짝 경계했다. 얼마간 시간이 지나, 공부를 잘하는 걸 뽐내는 아이가 아니라는 사실을 알았다. 또 책상에 달라붙어 공부만 하는 공부벌레가 아니라는 사실도 알았다. 그렇고 그런 '못돼 먹은 아이'가 아니라는 걸 알고, 얼마나 안심했는지. 여름 방학 때는 아침부터 밤까지 정신없이 동아리 활동에만 빠져 있었으면서도, 결국은 현에서 가장 실력이 좋은 아이들이 들어가는 고등학교에 합격했다. 그때는 진심으로 존경하는 마음이 들었다.

아마 뇌 구조가 나와는 다를 것이다. 나는 타미코가 장래에 이 사회에 기여할 다양한 능력을 지닌 사람으로 성장할 거라는 확신이 든다.

"입에 넣는 것, 배 속에 들어가는 것이 그 사람을 만드는 거니까, 소박하더라도 제대로 된 것을 먹어야 한다고……."

타미코가 냄비를 불 위에 올려놓으며 불쑥 말을 꺼내다가 입을 다물었다.

"응? 먹어야 한다고?"

"…… 할머니가 늘 저한테 말했어요."

"그래."

"네. 히로코 씨는 배 속에 한 명이 더 있으니까, 더욱 그래야 해요."

나는 정말 이 아이가 대단하다는 생각이 들면서도 그 마음을 제대로 전할 만한 표현을 찾지 못했다. 그래서 그냥 "그래야겠지? 제대로 먹어야겠지?" 하고 대꾸했다.

역 앞 아케이드를 빠져나와 큰길에서 한 블록 뒤로 들어갔다. 라멘 가게 모퉁이를 돌면 바로 보이는 맨션이 친정집이다. 임신한 사실을 알고 처음 엄마를 만나러 가는 길이다.

차임벨을 울리자 "네, 나가요.", "오랜만이다." 하며 엄마가 짧은 바지 차림으로 나왔다.

"우아, 안 추워?"

"지금 막 욕실에서 나와서 그래."

엄마는 여전히 밤일을 하고 있다. 자신의 가게를 내지는 못했지만, 아줌마들만 있는 작은 술집에서 마음이 맞는 동료들과 일하는 게 즐거운 듯했다.

"어디 보자. 어라, 아직 배는 안 나왔네."

"아직 안 나왔어."

"그렇지? 이제 겨우 2개월밖에 안 됐는데, 벌써 부를 리가 없지."

내가 사 들고 간 케이크를 탁자 위에 놓으며 물었다.

"있잖아, 나 입덧을 전혀 안 하는데, 어떻게 된 걸까?"

"아, 나도 너 가졌을 때 입덧 안 했어. 오히려 평소보다 먹는 양이 더 늘었지."

"그랬어?"

"그런 건 어김없이 나를 닮은 모양이네. 너, 나한테 고마워해라."

엄마가 낄낄거리며 차를 내놓았다.

"아, 호지차다."

"케이크하고는 좀 안 어울리나? 그래도 아기가 있으니까 이게 좋아."

"어, 그런 거야?"

"그래, 센차보다 이게 나아."

"에에, 몰랐어. 아무래도 커피는 안 좋을 것 같아서 마시지 않지만."

그러고 보니 반차와 호지차의 차이를 가르쳐 준 사람도 타미코였지, 하는 생각이 떠올랐다. 자랑삼아 엄마한테 그 얘기를 했다가 그런 것도 몰랐느냐고 혼만 났다.

"그래서 타미 짱님은 뭐래?"

"엄마는 정말. 그렇게 부르지 말래도 그러네. 틀림없이 타미코가 싫어할 거야."

지금까지 엄마와 타미코가 만난 건 손가락으로 꼽을 만큼 몇 번 안 된다. 료타 씨와 결혼하기로 결정한 뒤 아직 초등학생이던 타미코를 처음 만난 날, 엄마는 집에 들어오자마자 이렇게 말했다.

"저 애, 대단한 아이 같아. 좋은 애야. 나중에 크면 엄청 괜찮은 여자가 될 거야."

내가 한 번 만났을 뿐인데 뭘 안다고 그러느냐며 반론했다. 아직은 타미코를 그냥 '똑똑한 아이'로만 여길 때라서, 만나러 가기 전에 어떤 아이냐고 엄마가 물었을 때도 '건방진 어린애'라고만 대답했다.

"그 애의 눈, 너 정면에서 똑바로 본 적 있니? 그 눈은 아무 데서나 볼 수 있는 보통 어린애들 눈이랑 달라."

"어떻게 다른데?"

"눈이 강해. 아직 어린애인데도 많은 걸 알고 있는 눈이야. 슬픔도 외로움도 다 경험해 본 것 같아. 그런데 그런 경험이 자포자기나 부정적인 방향으로 흘러가지 않았어. 강인해. 정말로 따뜻한 사람의 눈이지."

"그 말은 좀 앞뒤가 안 맞는데? 따뜻한 사람은 따뜻한 눈을 하고 있어야 되는 거 아냐?"

"그건 겉으로만 따뜻한 거지, 가짜."

넌 정말 바보구나, 엄마가 어이없다는 듯 말했다.

"진정한 따뜻함이란, 자기 걸 스스로 다 짊어지고 똑바로 받아들이는 강인함이 없으면 생기지 않는 거야. 그런 각오가 돼 있는 사람만이 다른 사람한테 진심으로 따뜻하게 대할 수 있는 거고."

그때는 무슨 말인지 잘 이해가 안 됐는데, 지금은 정말로 그렇다고 생각한다. 과연 오랜 세월 물장사를 해 온 만큼 사람을 꿰뚫어 보는 힘이 있구나. 나도 엄마를 조금 다시 보게 되었다.

"배다르고 나이 차이도 많이 나는 동생인데, 그래서 뭐라고 말하더냐고?"

"뭐, 딱히. 축하한다고."

"별로 환영하지 않는 느낌이었어?"

"아니. 배 속에 있는 아이를 위해서라도 제대로 된 걸 먹으라고 했어."

"거봐, 역시 타미 짱님이라니까!"

엄마는 웃으면서 차를 한 잔 더 만들어 주었다.

"네가 엄마가 되면, 난 할머니가 되는 거네. 으악, 싫다."

"엄마, 나 정말 낳을 수 있을까?"

"응? 뭐야, 안 낳으려고?"

"그런 게 아니고. 나, 첫아이 낳는 것치고는 나이가 많은 편이잖아. 그런 엄마한테서 태어난 아기는 뭐랄까, 있잖아 왜 이런저런 병이라든가, 그런 게 걱정돼서."

"그런 걱정 하지 마. 요즘엔 너보다 더 나이 많은 아줌마들도 쑥쑥 잘만 낳더라."

"그거야 그렇지만……."

바보처럼 굴기는, 엄마가 깔깔 웃었다.

"낳고 싶지 않아도 그냥 내버려 두면 다 알아서 나오게 돼 있어."

우리 엄마지만, 저런 말을 하는 걸 보면 난폭하다니까.

"이런 말 하기 좀 그렇다만, 나는 네가 배 속에 있을 때도 술을 마셨어."

"에엣! 정말 그랬어?"

"어쩌겠니? 그게 내 일인데. 물론 연하게 해서 찔끔찔끔 마셨지만."

너무한데. 왠지 그동안 끙끙거린 나만 손해 본 느낌이 들면서 우스워졌다.

"너, 그거 알아? 아이는 사람이 만드는 게 아니라, 하늘이 내려 주시는 거야."

엄마가 차를 한 모금 마시더니 말을 이었다.

"그러니까 어떤 아이가 태어나든 그걸 받아들여야 해."

"내려 주시는 거라……."

"그래. 그러니까 남자애가 아니면 안 된다, 여자애였으면 좋겠다, 아들인지 딸인지 미리 알고 싶다, 아들이 아니면 안 낳겠다, 병이 있는 아이는 필요 없다, 그런 건 말도 안 되는 소리야. 감사하는 마음으로 낳아서 정성껏 키우는 게 부모의 역할이지."

"우아, 우리 엄마도 가끔은 멋있는 말을 하네."

"당연하지. 원해도 못 가지는 사람들도 많아, 알았지? 그러니까 감사하는 마음으로 낳도록 해."

집으로 돌아오는 길, 마음이 아주 편해졌다. 역시 나를 낳아 준 엄마한테는 당해 낼 재간이 없었다.

욕실에서 나와 거실 쪽으로 가서 밖을 내다보았다. 정원에 타미코가 서 있었다.

타미코는 낮이건 밤이건 하늘만 올려다본다. 처음 한동안은 어린애 주제에 하늘을 보면서 계절에 취한 척하다니, 건방을 떠는구나 싶었다. 그런데 어쩐지 내가 잘못짚은 듯했다.

타미코의 책장에는 별과 관련된 책들이 잔뜩 꽂혀 있었다. 이른바 칙칙한 천문 소녀. 별자리는 물론이고, 그것을 이루는 별들의 이름 하나하나까지 줄줄 꿰었다. 내가 무지해서 그런지, 그런 걸 아는 게 일반적인 건지는 잘 모르겠지만. 게다가 요이치는 또 어떤가? 타미코보다 더한 천문 소년, 오타쿠에 가까웠다.

요이치는 고등학생이 된 뒤로 가끔 우리 집에 놀러 온다. 처음에는 '오, 집에서 하는 데이트라니 아주 이상적인 연애군.' 하며 나 혼자 유난을 떨었다. 그러다 두 사람이 나누는 대화를 엿들은 적이 있다.

"그럼 플라네타륨(반구형 천장에 설치된 스크린에 달, 태양, 항성, 행성 따위의 천체를 투영하는 장치로 '천상의'라고도 함 : 옮긴이)으로 할까?"

"오케이."

그렇지, 그게 데이트의 기본이지. 제법인데, 요이치!

"어디 걸로 할까?"

"가 본 적은 없지만, 얼마 전에 생긴 어린이 과학관은 어때?"

"아니, 거기 건 안 돼. 투영기는 새 건데, 돔이 좀 작아."

"그래? 딱 떨어지는 반구가 아니었어?"

"응, 각도도 왠지 2퍼센트 부족하고, 천정만 깨끗하게 보여."

뭐야, 얘들이 지금 무슨 소리를 하는 거야? 별이 보이고 어둡기만 하면 된다는 거야? 중요한 건 돔이 아니라 분위기라니까.

"지평선 근처에 있는 별들의 움직임이 허술하게 보인다면, 그건 실망이야."

"그렇지? 그럼 역시 천문대로 할까?"

머리가 좋은 사람들은 다 이런 거야? 남자애랑 여자애가 함께 있는데, 정말 별이니 달이니, 그런 말만 한단 말이야? 그럴 상황이 아니잖아. 나 혼자 신 나서 들떠 있었던 만큼 맥이 쏙 빠졌다.

타미코는 꽤 오랜 시간 한자리에 서 있었다. 그냥 내버려 두면 몇 시간이고 그렇게 있을 것 같았다.

그렇게 재미있나? 별이랑 달을 보는 게?

나는 슬리퍼를 신고 밖으로 나갔다.

"뭐 해? 달님에게 소원 빌었어? 요이치랑 잘되게 해 달라고?" 하고 놀렸더니, 나를 째려봤다.

"아, 보름달님이네."

"아니, 어제가 만월이었으니까 오늘은 십육야예요. 보름달처럼 보여도 아주 살짝 이지러져 있어요."

"십육야?"

"네, 그렇게 불러요. 십오야 다음 날에 주저하듯이 뜨는 달이래요."

이렇다니까, 천문 오타쿠는…….

"별 차이 없잖아. 이 정도는 그냥 보름달 그룹에 넣어 주자."

"안 돼요. 달은 옛날 사람들한테는 곧 달력이었어요. 만월은 어제."

아, 예, 그렇습니까? 나는 그냥 받아넘겼다.

"십육야의 달님, 내일은 야키소바가 먹고 싶네요."

"그렇게 단순한 소원을 굳이 빌 것까지야……. 게다가 야키소바쯤이야……."

타미코가 "먹으면 되잖아요." 해서 내일 저녁은 그걸로 결정했다.

"큰 소원은 23일 밤에 빌면 좋대요."

"23일 밤? 보름달은 효과가 없어?"

"음, 글쎄요. 예부터 달이 뜨기를 기다렸다가 제물을 차려 놓고 술자리를 벌이며 소원을 비는 풍습이 있었는데, 보름이 지나고 반달일 때 빌면 가장 잘 이루어진다는 것 같아요."

타미코는 이때의 반달을 '하현달'이라 부른다고 덧붙였다.

"무슨 소원이든 정말 이루어질까?"

"하룻밤 내내 깨어 있어야 되는 거예요. 하현이니까 달이 뜨는 시각도 밤 깊어서고."

"소원 빌어 본 적 있어?"

타미코는 고개를 살짝 아래로 숙이더니 "있었는데, 이루어지지 않았어요." 하고 말했다.

아마 돌아가신 엄마에 대한 것이리라. 엄마의 병을 낫게 해 주세요, 엄마가 죽지 않게 해 주세요, 그렇게 몇 번이고 몇 번이고 빌었을 것이다.

타미코가 능글맞게 웃으며 나를 보았다.

"지금 눈물 질질 짜는 드라마 같은 상상 했죠?"

"으악, 넌 이래서 귀엽지 않다니까!"

나는 분해서 "이 세상에 감동적인 것들이 얼마나 많은데." 하고 말했다.

"눈물 없이는 볼 수 없는 드라마! 감동의 도가니! 그런 걸 보고 울지 않으면 냉혈한이라고 판단해 버리는 것 같아서, 전 싫어요."

눈물 나는 책, 눈물 나는 영화, 눈물 나는 음악. 그렇게 이름 붙은 것들이 도처에 널려 있는 건 맞다.

"그렇게 억지로 울 필요는 없잖아요."

타미코가 웃었다.

"그래도 안 울면 왠지 마음이 가난한 사람 같잖아."

"울 건지 말 건지, 감동할 건지 안 할 건지는 자신이 결정하면 되는 거예요. 냉혈한 취급 해도 할 수 없어요."

이 아이는 늘 이렇게 강한 척하면서 '혼자 다 짊어질 거예요. 그 모습을 보여 줄 거예요.' 하면서 산다. 그렇게 되기까지 얼마나 많이 울었을까? 어쩌면 지금도 속으로 울고 있을지 모른다. 아니, 틀림없이 울고 있을 것이다.

나는 이 아이가 굉장히 좋다. 이렇게 강렬하게 좋다는 생각이 든 건 이 집에 오고 나서 처음이었다. 자기가 결정한다! 그렇다! 산다는 것은 스스로 결정하는 과정을 되풀이해 나가는 일이다. 좀 과장스럽긴 하지만, 그렇다는 생각이 들었다.

"참, 히데코 고모가 뭐라고 했어요? 저번에 집에 왔었잖아요?"

"그야 뭐, 좋은 얘기를 하시지는 않았지."

나는 얼버무리고, 다시 한 번 달을 올려다보았다.

"사실은 진지하게 듣지 않았어."

"그랬구나."

타미코가 기지개를 켰다. 더 캐묻지 않고 넘어가 줘서 다행이었다.

"히로코 씨 어머님은요? 기뻐하셨어요?"

"할머니 되는 거 싫대."

"그랬구나."

집에 들어선 순간에야 바깥 공기에 몸이 얼어 있었다는 사실을 깨달았다. 료타 씨가 신문을 넘기면서 텔레비전 뉴스를 보고 있었다. 하지만 어느 쪽에도 딱히 마음이 가지 않는 눈치였다.

"타미코랑 밖에 있었어?"

"응."

"그랬구나."

료타 씨는 다시 신문으로 눈길을 떨어뜨렸다. 아빠와 딸의 '그랬구나.'가 참 많이 닮았다는 사실에 웃음이 나왔다.

산부인과에서 돌아오는 길에 하릴없이 역 앞 아케이드를 어슬렁거리는데, 건너편에서 쇼고가 걸어오는 게 보였다.

"헬로, 쇼고."

"아, 깜짝이야."

같이 있던 친구가 "누구?" 하고 묻자, 쇼고가 "연상의 애인." 하고 장난을 쳤다. 친구가 "그럼, 나 먼저 갈게." 하며 그냥 가 버렸다.

"친구, 그냥 가게 해도 돼?"

"아아, 괜찮아요. 그런데 '헬로'는 좀 곤란하죠. 나이 들통 나요."

쇼고가 싱글거리며 물었다.

"쇼핑?"

"아니, 병원에 갔다 오는 길."

"참, 임신했다죠."

쇼고가 내 배를 쳐다봐서 "아직 안 나왔어." 하고 웃었다.

"그건 그렇고, 히로코 숙모, 저한테 점심 사 주고 싶은 생각 안 들어요?"

"아니라고 말하고 싶지만, 나도 아직 안 먹었으니까. 좋아,

한턱내지."

"우아, 고맙습니다. 질보다 양이라서 패밀리 레스토랑이면 좋겠어요."

음식점으로 들어가자, 쇼고가 다가오는 점원에게 "금연석요." 하고 말했다.

"미안해, 나 때문에 담배도 못 피우고."

나는 자리에 앉자마자 사과부터 했다. 결혼하기 전까지는 나도 하루에 한 갑은 피웠던 사람인지라, 피우지 못할 때의 갑갑함이 어떤 건지 잘 안다.

"괜찮아요. 누가 뭐래도 임신한 분이잖아요."

쇼고는 키가 크고, 생김새도 깔끔한 멋쟁이 대학생이다. 많은 사람들 속에 섞여 있어도 유달리 눈에 띈다.

쇼고는 나를 스스럼없이 대한다. 정말 저 마귀할멈의 아들인지 의심스러울 정도로. 물론 속으로야 어떻게 생각하는지 알 수 없다. 일단 타미코를 통해 나를 파악하고 있겠지만, 집에서는 자기 엄마가 하는 내 험담도 들을 테니까 마냥 방심할 수는 없다. 그래도 이 완벽한 얼굴을 보고 있노라면 그런 생각은 잊어버리게 된다.

"히로코 숙모는 원래 안 피웠어요?"

"아니, 결혼 전에는 피웠어. 외삼촌, 여자가 담배 피우는 거 싫어해서."

"적어도 타미코 앞에서는 피우지 말아 줘."

좀처럼 끊기 어려워 숨어서 피우다가 그 말을 들은 뒤로는 과감하게 끊어 버렸다.

"하하하, 외삼촌이 그런 데는 또 보수적이란 말이지……."

"그런 데?"

"뭐랄까, 나이 차이가 많이 나는 분이랑 일사천리로 재혼하신 걸 보면 말이에요."

웃는 얼굴로 이런 얘기를 아무렇지 않게 하니 미워할 수가 없었다. 나도 웃었다.

"쇼고는 애인이 담배 피우는 사람이어도 괜찮은 쪽이야?"

"저는 오케이예요, 좋은 여자라면."

쇼고는 점심 세트로 나온 햄버거를 포크로 찔렀다.

"아, 그래도 타미코가 피우는 건 좀 싫을 것 같은데."

"알아, 그 기분. 나도 그럴 것 같으니까."

"그게 아니고요. 타미코가 담배를 피울 수 있는 나이가 되면, 도대체 제 나이가 몇이라는 얘기예요?"

확실히 사촌 남매끼리는 결혼할 수 없지. 시누이는 타미코를 쇼고의 아내로 삼으려는 게 아닐까? 요즘 들어 그런 생각이 들기도 했다. 고등학생이 된 다 큰 여자 조카와 혈기 왕성한 대학생 아들을 한지붕 아래서 키우려 하다니, 아무리 생각해도 부자연스러웠다. 당사자들이 전혀 의식하지 않는다 해도, 이상한 분위기가 되는 게 당연했다.

그렇게 생각해서 그러는지는 몰라도, 쇼고는 타미코에게 '여동생' 이상의 감정을 품고 있는 게 아닐까? 그런 느낌도 들었다. 이건 여자로서의 감이었다. 초등학생과 고등학생, 중학생과 대학생이라면 그다지 현실적이지 않지만, 고등학생과 대학생이라는 지금의 상황은 언제 연애로 발전되어도 이상할게 없었다. 내가 멋대로 그렇게 생각하는 것뿐이지만.

'요이치, 분발해!'

나는 마음속으로 외쳤다.

"그건 그렇고, 아기는 잘 있대요?"

혼자 상상의 나래를 펼치던 터라, 쇼고가 갑자기 아기 이야기를 묻는 바람에 깜짝 놀랐다.

"덕분에."

"그럼 언제가 되는 거예요, 세상에 나오는 건?"

"예정대로라면 7월쯤."

"아하, 10개월 10일 만에 낳는 거 맞죠?"

"맞아, 잘 아네."

"가만요, 타미코보다 열다섯 살이 아래니까……, 그럼 난 그 애한테 사촌 형이나 오빠라기보다 아저씨에 가까운 거잖아요. 초등학생쯤 돼서 '이봐요, 늙은 아저씨.' 하고 건방지게 굴면 한 대 딱 때려 줘야지."

쇼고는 내가 아이를 낳는 데 반대하지 않는 모양이었다. 그 사실이 조금 기뻤다.

한밤중에 목이 말라 물을 마시려고 나왔다가, 불도 켜지 않은 거실이 어렴풋이 밝은 걸 보았다. 커튼 틈 사이로 여린 달빛이 비쳐서 그런 거였다.

조금 뒤 계단을 내려오는 발소리가 나더니, 타미코가 거실로 들어왔다.

"아직 안 잤어? 어디 안 좋아?"

"아니요. 뭘 좀 마시고 싶어서 일어났다가, 저기 좀 보세요, 달빛에 방이 이렇게 밝아서 깜짝 놀랐어요."

창문을 열었더니 큰 달이 딱 좋은 높이에 걸려 있었다.

"보름달 맞지? 아니면 또 어쩌고저쩌고하는 달?"

"오늘은 월령 14.8이니까, 명백한 만월이에요."

"월령?"

"령은 '연령' 할 때의 령. 음력 초하루부터 헤아린 일수를 '월령'이라고 해요. 초하루는 월령 0, 상현은 월령 7.4, 만월은 월령 14.8, 하현은 22.1. 뭐, 수치는 시간이 지나면서 조금씩 달라지지만요."

타미코는 한밤중에도 저런 소리를 잘도 늘어놓는다.

나는 무슨 까닭인지 둥근 달이 내뿜는 환한 빛을 온몸으로 받아들이고 싶었다. 타미코와 함께 달빛 아래를 조금 수줍어하며 걷고 싶었다.

"타미코, 우리 잠깐 요 앞에 나가서 산책하지 않을래?"

"산책요……? 알았어요."

타미코는 처음에는 당황하는 듯했지만, 선선히 내 말을 들어주었다.

"아빠, 지금 주무시죠?"

"응, 괜찮아. 코 골면서 주무시거든."

"한밤중에 밖에 나간 걸 알면 혼날 거예요."

"위에 하나 더 걸치는 게 좋지 않겠어?"

"제 방에 가서 입을 거 하나씩 가져올게요."

현관문으로 나가면 침실과 가까워서 들킬 염려가 있었다. 우리는 부엌 쪽 출입문을 통해 밖으로 나갔다. 문을 잠글 때 철커덕 소리가 나는 바람에 마음이 조마조마했다.

밖으로 나오자, 달빛이 조용히 낯익은 이웃집들과 전신주를 비추고 있었다.

"있잖아요, 보름달이 뜬 날 밤에도 소원을 빌면 이루어진대요."

"어쩌고저쩌고하는 달이 뜬 날이 아니어도?"

"어쩌고저쩌고……, 아까부터 그 소리. 지난번에 말했던 건 23일 밤의 달이에요."

"그래, 그거 말이야. 그 23일 밤이 아니어도 되느냐고?"

"네. 제가 조금 찾아봤는데요, 인도에 아후아 축제라고, 보름달이 뜬 날 밤에 하는 행사가 있대요."

"아후아 축제?"

"네. 아후아라는 건 꽃 이름인데, 오키나와에서 자라는 겟

토(생강과에 속하는 다년초로, 학명은 알피니아제룸벳. 열대에서 아열대 아시아 지역에 분포함 : 옮긴이)와 같은 종류의 식물이에요. 그 꽃을 따서 술을 만들어 축제 때 마시면 소원이 이루어진대요."

"확실한 거야?"

내가 그렇게 묻자, 타미코는 하늘에 떠 있는 달을 보며 이렇게 말했다.

"확실한지는 잘 모르겠지만, 이미 3천 년 가까이 이어져 내려오는 유서 깊은 축제라고 하니까요."

"와, 3천 년씩이나! 엄청난 세월이네. 왠지 효험이 있을 것 같은데."

타미코는 모퉁이를 돌기 직전에 있는 자동판매기 앞에서 주머니를 찰랑거렸다. 작은 자동판매기에는 요즘 것답지 않게 음료가 네 종류밖에 없었다.

"뜨거운 레몬 음료 드실래요?"

"어, 그래. 미리 잔돈까지 챙겨 왔어?"

"네, 이거 마시려고요."

"준비성이 뛰어난데."

"자, 드세요."

"고마워."

받아 든 캔이 제법 뜨거워서 "벌써 뜨거운 음료가 나올 때가 됐나? 놀랐어." 하고 말했다.

"10월이잖아요."

타미코가 캔 뚜껑을 따기에 나도 땄다. 밤길에 그 소리가 두 번 가볍게 울렸다. 한 모금 마셨더니, 부드러움과 따뜻함이 목에 촉촉이 스며들었다.

"이거, 마법의 드링크예요."

"마법의 드링크?"

과학 소녀인 타미코의 입에서 '마법'이라는 말이 나오다니 무척 위화감이 들었다.

"그게 말이죠, 이 캔 하나에 레몬 50개 분량의 비타민 C가 들어 있대요."

"그래서 마법이라는 거야? 레몬을 50개나 짜 넣어서?"

"캔 하나에 정말로 레몬 50개를 짜서 넣었다는 얘기가 아니고요."

"앗! 그래?"

나는 놀라서 무심코 소리를 질렀다.

타미코는 음료를 조금 더 마시더니 서늘한 얼굴로 말했다.

"당연하죠. 여기에 든 비타민 C의 양을 레몬에 함유되어 있는 양으로 환산해서, 그걸 개수로 나타낸 것뿐이에요."

"그 말은 양배추 몇 개 분량의 식이섬유, 뭐 그런 거랑 같은 거지?"

"맞아요."

"그렇구나. 이런 걸 그렇게 만드는구나. 오늘도 늦은 밤에 좋은 거 배웠습니다."

내가 놀라워하는 모습을 보고, 타미코가 웃으며 말했다.

"그래도 이건 마법의 드링크니까요."

"왜?"

"이유는 잘 모르겠는데, 조금 지쳐 있을 때 이걸 마시면 효과 만점이거든요."

"그거, 경험에서 나온 얘기야?"

"네, 아주 잘 들어요. 강력 추천!"

우리는 잠깐 아무 말 없이 뜨거운 레몬 음료를 마셨다.

"타미코, 지금 지쳐 있어?"

"아니요."

타미코는 그렇게 대답하더니, 다 마신 캔을 이미 가득 차 있는 빈 병 수거 함의 둥근 구멍에 던져 넣었다. 내가 마신 캔도 겨우 들어갔다.

"혹시 지난번에 말했던 것 때문에 생각이 많아요?"

눈치채고 있었나? 나는 어안이 벙벙했다. 하기야 평소 같으면 아예 볼 일이 없는 과학책까지 빌려다 봤으니 별수 없었지만.

"그게 말이지, 만약 배 속에 있는 아이가 팔이 한쪽 없다거나 이상한 병을 가지고 태어난다면, 타미코는 어떻게 할 것 같아?"

"그렇게 말하는 건 실제로 팔이 없는 상태로 세상에 태어난 사람이나 아픈 사람에게 큰 상처를 주는 말이에요."

"미안."

"저한테 사과해도 소용없어요."

참으로 오랜만에 타미코의 마음 깊은 곳, 타인을 허락하지 않는 곳에 가 닿은 느낌이 들었다. 내가 이 집에 막 들어왔을 무렵에는 하루에도 몇 번씩 가서 부딪혔던 곳이다.

"미안, 정말 미안해. 자, 그럼 보름달님에게 사과할게."

나는 두 손을 모으고 하늘을 올려다보며 "잘못했습니다." 하고 말했다. 그러자 타미코가 조금 웃었다. 나는 그 모습을 잠깐 지켜보고서야 마음이 놓였다.

"여자는 참 위대한 것 같아요. 수십만 년에 걸쳐 이루어 놓은 진화의 과정을 배 속에서 한꺼번에 재현하니까요."

"뭐? 어려워서 못 알아듣겠어. 좀 쉽게 말해 봐."

"맨 처음엔 물속에 있는 생물체이던 것이 어류, 양서류, 파충류로 점점 진화해 가잖아요, 아기 말이에요. 정말 굉장한 일 아니에요?"

"잘 모르겠는데. 그렇게 굉장해?"

"그럼요. 정신이 아득해질 만큼 긴 시간에 걸쳐서 축적된 과정을 고작 10개월 10일 만에 똑같이 되풀이하잖아요. 정말 기적 같은 일이에요."

"듣고 보니 그러네."

대답은 그렇게 했지만, 나는 타미코가 하는 말을 제대로 이해하지는 못했다.

타미코가 달을 보며 말했다.

"지금 두려운 거죠?"

"응, 사실은 좀 그래."

료타 씨에게는 말할 수 없었는데, 타미코에게는 솔직하게
말할 수 있었다.

"저는 유전병이란 말 자체가 이상하다고 생각해요. 그건 인
간의 진화 과정에서 일어나는 일이에요. 더러 염색체가 많거
나 적을 수도 있는 건데, 그렇게 우연에 의해 생기는 현상을
'병'이라고 부르는 건 맞지 않다고 봐요."

타미코는 이번에는 내 얼굴을 보며 "그냥 저 혼자 그렇게
생각하는 것뿐이에요."라고 덧붙였다.

"저, 미숙아로 태어났어요. 인큐베이터에 들어가 있었대
요."

"그랬어?"

"네. 예정일이 4월이었는데, 3월이 되기도 전에 세상에 나
왔다니까요. 그래서 잘못되는 게 아닐까, 아빠가 많이 허둥대
셨나 봐요. 아빠만큼은 아니지만 엄마도 앞으로의 일을 많이
걱정하셨대요. 그런데……."

"그런데?"

"괜찮을까, 잘 자랄까, 엄마가 할머니한테 물었더니, 할머
니가 바보 같은 소리 하지 말라고 화내셨대요. 잘 키우는 것

이 네가 할 일이라면서."

"아! 우리 엄마도 지난번에 똑같이 말했어."

"그럼 정말 틀림없는 거네요. 제 경험상 어른들이 하시는 말씀은 거스르지 않는 게 좋아요."

"그렇겠지."

우리는 웃었다.

"지금까지 외동아이는 버릇이 없다는 편견에 시달렸어요."

"그 마음 나도 알아, 나도 그랬으니까."

"그럼 앞으로 이 문제에서 자유로워지세요."

타미코가 다시 달을 올려다보며 아까 내가 했던 것처럼 두 손을 모으고 말했다.

"부디 제 남동생 혹은 여동생이 무사히 태어나게 해 주세요. 보름달이 뜬 밤, 술 대신 뜨거운 레몬주스로 기도드립니다."

역시 나는 이 아이가 정말 좋다. 달빛에 드러난 타미코의 합장한 옆모습이 무척 예뻤다.

"어머, 히로코 씨도 진지하게 빌어야지요."

나는 정말 기뻐서 타미코의 팔에 달라붙었다.

"아, 이러지 마세요. 징그러워요."

"알았어."

집으로 돌아오는 길, 쟁반같이 둥근 달님은 아까 집에서 나올 때보다 아주 조금 서쪽으로 기울었다.

침실 문을 여닫는 소리에 료타 씨가 눈을 떴다.

"무슨 일이야? 아직 안 잤어?"

"화장실에 가려고 일어났다가, 달이 무척 예뻐서 타미코랑 정원에 나가서 보고 들어왔어."

내가 "잘 자." 하고 옆자리의 내 이불로 들어가려는데, 료타 씨가 가만히 내 팔을 잡았다.

"지금 감기라도 걸리면 큰일이잖아."

료타 씨는 자기 이불 속으로 나를 끌어당기더니 금세 새근새근 잠들었다. 아마 잠결에 한 말인 모양이다.

나는 푹신한 이불 속에 누워서 타미코의 엄마를 생각했다. '료타 씨의 전 부인'으로서가 아니라 순수하게 '타미코를 낳아 준 엄마'로서.

'당신이 낳은 딸은 현명하고 마음이 따뜻한, 정말 멋진 아이예요. 저는 새엄마인데, 엄마라는 이름에 걸맞은 일이라고는 할 줄 아는 게 없어요. 오히려 늘 배우기만 한답니다. 그래도 타미코를 좋아하는 마음만은 진심이에요. 앞으로 제가 낳게 될 아이를 타미코의 남동생 또는 여동생으로 삼아도 괜찮을까요? 사실은 당신에게 료타 씨의 아이를 낳아도 괜찮으냐고 묻는 것이 도리겠지만, 왠지 그런 마음입니다. 참 이상하지요.'

아침에 일어났을 때 내가 자기 이불에 들어와 있는 걸 보고 료타 씨가 놀랄까 봐, 나는 발만 녹으면 내 이부자리로 돌아갈 생각이었다. 그러다 나도 모르는 사이에 깜빡 잠이 든 모양이다.

막 잠들었을 때쯤 내 머릿속에 아후아 축제에 대한 이야기가 떠올랐다. 인도에 가 본 적이 없어서 잘은 모르겠지만, 커다란 아후아 나무 아래에 많은 사람들이 모여 있었다. 그리고 그들이 각자 소원을 써서 걸어 놓고 주고받는 술잔에는 아후아꽃으로 만든 술이 담겨 있었다. 하늘에는 둥그런 달님.

나는 입속에 희미하게 남아 있는 뜨거운 레몬 음료의 맛을 느끼면서 따뜻한 눈물을 흘렸다.

月の裏側で 달의
뒤편에서

"산파의 제등이라는 말이 있어."

"혹시…… 달을 뜻하는 건가요?"

"맞아. 보름달이 뜬 날 밤에 출산하는 일이 많아서."

지난번에 타미 짱이 우리 집에 왔을 때, 둘이 막 그런 이야기를 나눈 참이었다. 요이치가 방에서 천문 연표를 가지고 나오더니, 이번 달에는 6일이 보름이라고 했다.

타미 짱이 벽에 걸린 달력을 보며 웃었다.

"다음 주 금요일? 그건 너무 이르지 않아? 예정일이 7월이라 히로코 씨는 아직 많이 남았다며 느긋해하던데."

오늘은 목요일. 나는 버스 정류장 앞에서 배를 껴안은 채 쪼그려 앉아 있는 히로코 씨를 발견하고 병원으로 데려갔다.

"드디어 나오려나 보네요. 조금 이른 것 같지만."

"죄송해요. 저도 너무 놀랐어요."

"금방 지나가요. 지금부터 통증이 있을 거예요."

"정말…… 많이 아픈가요? 저희 엄마는 그렇게 아픈 건 난

생처음이었다고 하던데."

"그러게요. 확실히 아팠던 것 같아요."

"후유! 저, 괜찮을까요? 그 생각만 하면 겁나서 요즘 잠도 제대로 못 잤어요."

"괜찮아요. 아기가 태어나는 순간에 통증 같은 건 단박에 확 날아가 버리니까요."

"그런 거예요?"

"그런 거예요."

내가 지금 조금이라도 자 두는 게 좋다고 권하자, 히로코 씨는 곧 숨소리를 내며 순순히 잠을 청했다. 오후의 조용한 병원에 나 혼자 남겨졌다.

장마철에 접어들기 전 기분 좋게 맑은 날씨. 부드러운 햇살이 방 안에 가득 들이비쳤다. 나는 일어나서 레이스 커튼을 조금 열었다. 창 아래로 기다란 언덕길이 이어졌고, 여기는 마침 그 중간 지점에 해당했다. 아담한 2층짜리 건물인 이 산원에서 미치코도 타미 짱을 낳았다. 그리고 이 언덕길은 나와 미치코가 처음 만난 장소이기도 했다.

고등학교 1학년 가을, 나는 자전거를 타고 학교에서 집으로 돌아가는 길이었다. 통학로 가운데 가장 힘든 구간인 긴 언덕길의 오르막을 다 올라왔다고 마음을 놓은 것도 잠시, 갑자기 페달이 뻑뻑해지면서 자전거가 비틀거렸다.

필사적으로 균형을 잡아서 다행히 넘어지지는 않았지만, 그대로 계속 내려가려니 웬지 찜찜하고 불편한 기분이었다. 이리저리 살펴보았더니 교복 치맛자락이 자전거 바퀴에 끼어서 그런 거였다.

치맛자락을 몇 번씩 잡아당겨 보았지만, 천이 바퀴에 물려 빠지지 않았다. 휘감긴 부분을 차분하게 풀면 어떻게든 될 것 같았으나, 안장에 걸터앉은 상태로는 그러기도 힘들었다. 가방에 가위가 들어 있나 싶어서 뒤적여 보았지만 아무것도 없었다.

주위는 점점 어두워져 갔고, 나는 페달을 밟지도, 아래로 내려가지도 못한 채 어쩔 줄 모르고 서 있었다.

이렇게 되면 이제 치마를 벗는 방법밖에 없는 건가? 이런 상태에서는 벗기도 만만치 않을 텐데. 그런 생각을 하고 있는데, 끼익 브레이크를 잡는 소리가 들리면서 바로 옆에 자전거가 멈춰 섰다.

"왜 그러니?"

고개를 들어 보니, 우리 학교 교복을 입은 아이였다. 학교 휘장 옆에 붙은 배지를 보고 나와 같은 1학년생이라는 것도 알았다.

"치마가……."

"앗, 바퀴에 끼었구나!"

그 아이는 자전거에서 내려 쭈그려 앉더니, 내 치마를 조금씩 잡아당겼다.

"고마워."

"아니야. 그런데 이렇게 빼내면, 아무래도 치마가 찢어질 것 같은데."

"그래도 할 수 없어. 그 방법이 아니면 여기서 꼼짝도 할 수 없으니까……."

"알았어. 일단 치마가 찢어지는 건 신경 쓰지 않고 한번 해 볼게."

"부탁해."

얼마간 시간이 지나고, 바퀴에 엉켜 있던 치맛자락이 겨우 빠졌다.

"됐어! 빠졌어!"

자전거에서 내려 살펴보았더니 치맛자락의 실밥이 터지고, 군데군데 구멍이 뚫려 있었다. 집에 도착할 때까지 또 말려들지 않도록 두세 군데 옷핀을 꽂기로 했다.

"정말 고마워. 덕분에 살았어."

"아니야. 빠져서 다행이야."

그 아이는 내 손이 닿지 않는 뒤쪽에도 옷핀을 꽂아 주었다. 집이 어디냐고 물었더니, 한동안 가는 길이 같았다. 우리는 자전거를 타고 달리며 이야기를 나눴다.

"나는 8반, 토가와 쇼코야."

"나는 2반, 미야하라 미치코. 8반이랑은 너무 먼걸. 그래서

둘 다 몰랐구나."

"응, 한 번도 본 적이 없는 것 같아."

우리 학년은 9반까지 있었고, 같은 학년이라도 교실이 동쪽 교사와 서쪽 교사에 나뉘어 있었다.

"넌 무슨 부야?"

"합창부. 넌?"

"나는 궁도부."

그날부터 우리는 수업이 끝나고 동아리 활동이 없는 날이면 같이 시간을 보내곤 했다.

나는 고등학교에 입학한 뒤로 좀처럼 학교에 적응하지 못했다. 여자 고등학교만의 독특한 분위기가 싫어서 견디기 힘들 정도였다. 특히 수다스러운 애들이 많다는 사실에 깜짝 놀랐다. 물론 얌전한 애들도 있었지만, 어쨌든 학교에는 '우기는 사람이 이긴다.'는 분위기가 지배했다. 매일 왁자지껄 떠들어 대는 반 아이들한테 질렸고, 함께 어울리는 시간이 많은 동아리 애들도 비슷비슷해서 솔직히 지겨웠다.

당시 현립 고등학교는 학구제였다. 주거지의 주소와 입시 성적순으로 학교가 배정되었기 때문에, 선택의 여지가 없었다. 학구 내에서 남자는 A고, 여자는 내가 다닌 B고가 최상위 학교였다. 지금은 두 학교가 합쳐져 남녀공학인 A고가 되었고, 타미 짱과 요이치도 그 학교에 다닌다.

"쇼코 짱, B 고등학교에 다닌다면서요? 대단하네요."

주위 사람들이 종종 그렇게 말했지만, 내게는 최악의 학교였다. 미치코에게 허심탄회하게 그런 이야기를 했더니, 미치코도 동의했다.

"나도 전적으로 동감. 남자가 없으면 여자가 이토록 뻔뻔해진다는 사실을 처음 알았어."

미치코와 그런 이야기들을 나눌 수 있어서 친해졌던 것일까? 서로를 성으로 부르다가 이름으로 부르기까지 그리 오래 걸리지 않았다.

고등학교 졸업식이 끝난 3월의 어느 날, 그날도 나는 미치코와 함께 있었다.

도쿄에 있는 대학에 합격해 상경을 앞두고 있던 나와 이곳의 전문대에 진학하게 된 미치코가 가진 마지막 자리였다.

우리는 차를 마시면서 수다를 떨었고, 다시 찻집을 옮겨서도 두서없는 이야기는 끝날 줄을 몰랐다. 순식간에 오후 시간이 흘러갔고, 이제 집에 돌아가야 할 시간이었다.

찻집 밖으로 나가자, 바로 눈앞에 보이는 하늘에 커다란 달이 떠올라 있었다.

"우아, 예쁘다! 보름달이야."

"오늘이 보름이구나."

달이 무척 예뻐서 우리는 역까지 걸어가기로 했다. 그때만 해도 지금처럼 빌딩들이 많지 않았고, 네온 광고도 화려하지 않았다. 그래서 몸에 와 닿는 달빛을 훨씬 섬세하게 느낄 수 있었다.

"쇼 짱, 도쿄에 가서 무슨 일 생기면 꼭 편지해야 돼."

나는 언제나 이런 시골에서 빨리 벗어나고 싶어 했기 때문에, 도쿄에서 시작할 새로운 생활에 기대를 품고 있었다. 그런데 막상 고향을 떠나야 할 시간이 다가오자 마음이 자꾸 불안해졌다.

"아무 일도 없으면 편지하면 안 되고?"

"쇼 짱도 참, 안 될 게 뭐 있어."

미치코가 그렇게 말하면서 내 얼굴을 보았을 때, 내 눈에는 벌써 눈물이 글썽였다.

"울지 마, 쇼 짱. 왜 그래?"

내 팔짱을 끼는 미치코의 목소리도 울먹였다. 우리는 잠시 길가에 서서 울었다.

"아주 급할 때는 전화해, 편지보다 빠르니까. 당장 걸어야 돼, 알았지?"

"응. 고마워, 미치코."

그렇게 대답하며 미치코의 얼굴을 본 순간, 나는 그만 웃고 말았다.

"왜 그래?"

"지금 네 얼굴, 엉망이야."

"엉망이라니 무슨 소리……. 하하, 너도 마찬가지야."

울상을 한 서로의 얼굴이 달빛에 또렷이 드러났다. 우리는 그 모습이 우스꽝스러워서 크게 웃었다.

타미 짱이 중학생이었을 때, 나는 그날 밤의 일을 들려준 적이 있다. 오래전 그날처럼 보름달이 뜬 밤길을 둘이 나란히 걷고 있을 때였다.

미치코는 이미 이 세상에 없다. 그런데 나는 미치코의 다 큰 딸과 함께 이렇게 밤길을 걷는다. 미치코와 타미 짱, 엄마와 딸이 긴 세월을 뛰어넘어 내게 멋진 달밤의 시간을 선사해 준 것이다.

사실은 미치코가 이렇게 하고 싶었을 텐데…….

나는 타미 짱을 집에 바래다주고 돌아와서 오랜만에 소리 내어 울었다. 감기에 걸려 방에서 쉬고 있던 요이치가 내 울음소리를 듣고 깜짝 놀라 뛰어왔다. 나는 걱정스러운 눈으로 바라보는 요이치에게 막 타미 짱에게 들려준 미치코의 이야기를 했다.

며칠이 지나고 나서 요이치가 "타미가 자기 엄마 얘기를 글로 썼어."라며 내게 학교 문집을 내밀었다.

"나, 이거 받자마자 교실에서 읽었는데, 눈물이 날 것 같아서 혼났어."

그 글에는 엄마를 빼닮아 심성이 곧은 타미 짱의 마음이 그대로 담겨 있었다. 마음속 깊은 곳에 숨겨진 타미 짱의 생각들이 투명한 결정체가 되어 여기저기 아로새겨져 있었다. 나는 한 글자 한 글자 손가락으로 짚어 나가며 읽었다. 눈물로 시야가 일그러질 때마다 맨 처음 문장으로 돌아가기를 몇 번씩이고 반복하면서.

내 눈 밑으로 보이는 길 건너편 편의점 앞에서 교복 차림의 여고생들이 자전거에 걸터앉아 주스를 마시고 있었다. 내가 이 언덕길을 지나다니며 통학하던 무렵에는 분명 저곳에 술집이 있었다. 단층집들이 나란히 늘어서 있던 이 길에도 어느 틈엔가 맨션들이 들어섰다. 그 시절, 유달리 크고 훌륭해 보였던 이 산원은 지금은 다른 건물들 사이에 푹 파묻혔다.
여기로 오면서 쪽지를 남겨 두었으니 타미 짱이 집에 돌아오는 대로 보게 될 것이다. 아까는 당황해서 서두르는 바람에 입원에 필요한 물건들을 하나도 준비해 오지 못했다. 타미 짱이 오면 교대해서 수건이나 컵, 갈아입을 옷들을 가져다줘야 할까? 아니, 그렇게까지 하는 건 쓸데없는 참견일 것이다. 나는 시계를 보았다.
히로코 씨는 보는 내가 다 부러울 정도로 새근새근 자고 있었다.
솔직히 히로코 씨와 타미 짱이 지금처럼 자연스러운 관계가 될 거라고는 생각하지 못했다. 타미 짱의 이야기를 들어 보면, 히로코 씨는 상당히 천진난만한 사람인 듯했다.

"성격이 타미랑은 정반대인 것 같아. 그래서 오히려 잘 맞는 게 아닐까?"

요이치가 그렇게 말하며 웃었고, 나도 그럭저럭 이해가 됐다. 하지만 나는 히로코 씨와 좀처럼 거리를 좁히지 못하고 지냈다. 죽은 친구 남편의 후처. 아들이 좋아하는 여자아이의 새엄마. 지금 내 눈앞에 누워 있는 이 여성을 나는 어떤 식으로 대해야 좋을지 갈피를 잡을 수 없었다. 그렇지만 히로코 씨가 나쁜 사람이 아니라는 사실만은 분명히 알았다. 완고한 타미 짱의 마음을 서서히 풀어 주는 무언가를 지닌 사람이라는 것도.

나는 따분해서 다시 창밖을 내다보았다. 해는 살짝 서쪽으로 기울었지만, 저녁놀이 지기까지는, 달이 뜨기까지는 아직도 한참 멀었다.

내일은 만월. 이런 상태라면 배 속의 아이는 정말 보름날 태어날지도 모르겠다.

사실은 아직 타미 짱에게 말하지 않은 보름달 밤의 일화가 하나 더 있다. 그것은 타미 짱과 요이치가 각각 엄마들 배 속에서 자라고 있을 때의 이야기다.

미치코는 가끔 도쿄에 올 일이 생겼고, 그때마다 우리는 만났다. 그날도 미치코가 묵는 호텔까지 바래다주려고 밖으로 나왔을 때, 신주쿠의 빌딩 숲 사이로 달이 보였다.

"우아, 저것 좀 봐."

"달이 엄청 크네."

"있잖아, 미치코, 기억나? 고등학교 졸업할 때의 일."

"그럼, 물론이지. 네가 도쿄에 가는 게 두렵고 외롭다며 울었잖아."

"아니지, 무슨 소리. 너도 울었으면서."

우리는 그 시절이 그리워서 또 웃었다.

"벌써 10년 가까이 지난 일이야."

"지금은 이렇게 배가 잔뜩 불렀는데, 왠지 기분은 그때와 똑같은걸."

둘 다 안정기에 접어들었을 때라 기분도 좋고, 행복한 밤이었다.

"미치코는 아이 이름 정했어?"

"아니, 아직 아들인지 딸인지도 모르는걸. 쇼 짱은?"

"아직 확실한 건 아니지만 만약에 남자애라면, 남편은 '태양' 할 때의 '양' 자를 써서 짓고 싶어 해."

"으음, 남자애 이름에 그 한자를 쓰면 아주 좋을 것 같은데. 강한 아이가 될 것 같은 느낌이랄까?"

"그런데 '여자애라면?' 하고 물었더니, 그때는 다시 생각해 보겠다나."

"그건 태어나기 전까지는 모르는 거니까. 내 아기가 조금 더 늦게 나올 것 같은데, 그러면 쇼 짱의 아이랑 한 살 차이가 나겠지?"

"그거야 아직 모르지. 일찍 나오면 같은 학년이야."

"그랬으면 좋겠다."

언젠가 나는 이날 밤의 일도 타미 짱에게 말해 줄 생각이다. 가능하면 타미 짱이 더 커서 어른이 되고, 아기를 낳을 때쯤이 좋을 것 같다. 만약 그 아기가 요이치와의 사이에서 생긴 아이라면 얼마나 멋질까?

병실에 있어서인지 오늘은 미치코에 대한 생각만 잔뜩 떠올랐다. 미치코는 자기가 죽은 뒤에 타미 짱에게 여동생이나 남동생이 생길 거라고 짐작이나 했을까?

다시 시계를 보았더니, 아직 3시 반이었다. 타미 짱과 요이치는 막 수업이 끝났을 것이다. 동아리 활동이 있는 날이라면 집에 도착하는 시각은 좀 더 늦을 테지만. 그래서 나는 회사에 있는 타미 짱의 아빠에게 연락해 보았다. 한데 금방 이리로 올 수는 없는 모양이었다.

"히로코의 어머니께 그리로 가 주십사 연락하겠습니다."

그렇게 말했으니까, 타미 짱보다 할머니가 먼저 올 가능성이 높았다. 그럴 경우, 나는 돌아가는 편이 좋을 것이다.

히로코 씨가 몸을 뒤척였다. 이제 슬슬 눈뜰 때가 된 것 같기도 했다. 그 전에 나는 조금만 더 미치코를 생각하면서 시간을 보내기로 하고, 창가에 놓인 둥근 의자에 앉았다.

미치코에게 느닷없이 폐암 수술을 받게 됐다는 말을 듣고, 나는 그날 당장 도쿄에서 병원까지 한달음에 달려갔다.

"미안해, 쇼 짱. 놀랐지? 어쩐지 감기가 너무 오래간다 싶었는데."

"언제…… 알았어?"

"얼마 안 됐어. 두 달 전쯤인가?"

"남편도 어머니도 이미 알고 계시겠네."

"응. 내가 먼저 알았고, 이런 병은 가족에게 알려야 한다고 해서."

미치코는 힘들게 웃었지만, 나는 그 말에 아무런 대꾸도 할 수 없었다.

"타미 짱은? 타미 짱도 알고 있어?"

"아니, 아직 말 못 했어."

다음 해에 남편의 전근으로 이 도시로 돌아왔을 때, 수술하고 난 미치코의 상태는 듣던 것보다 훨씬 더 나빴다. 좋아진 듯해서 가족들과 함께 외출이라도 하면, 다음 날은 하루 종일 집에서 쉬어야 하는 일이 잦았다. 화학 치료를 받기 위해 재입원했을 때는 하루가 다르게 쇠약해져 가는 모습을 보기가 너무나 괴로웠다.

"타미코에게 아직 말을 못 했어."

"아직도? 말 안 할 거야?"

"어떻게 해야 할지 몰라서 망설이고 있어. 사실대로 말하는 게 좋을지, 그렇지 않으면 그냥 숨기는 게 좋을지, 나도 정말 모르겠어."

미치코는 곤혹스러운 얼굴로 힘없이 미소를 지었다.

"자꾸만 유치원에서 일하던 때를 떠올리게 돼. 여러 성격의 아이들이 있잖아. 조금만 혼내도 그 자리에서 울어 버리는 아이, 아무리 혼내도 전혀 말을 듣지 않는 아이, 마구 소리치며 떠드는 아이, 다른 친구들한테 화풀이하는 아이. 아이들이 모래밭에서 놀다가 장난감을 갖고 싸우는 걸 보면 알 수 있어. 숟가락을 빼앗기고 엉엉 우는 아이, 힘으로 밀어붙이며 되찾으려는 아이, 무조건 선생님을 부르며 도움을 청하러 오는 아이, 괴롭히는 아이한테 저항하지 않고 그냥 모래밭을 벗어나 혼자 운동장에 난 잡초를 뽑는 아이. 그래서 나는 사실대로 말했을 때, 타미코가 어떤 행동을 보일지 짐작조차 할 수가 없어."

"엄마가 낫기 힘든 병에 걸렸다는 사실을 알면, 아무리 당찬 타미 짱이라고 해도 엉엉 울 거야. 그래도 겪어야 할 일이잖아."

"응, 물론 그래. 그러니까 힘껏 위로해 줘야겠지. 그런데 내가 두려운 건 그다음 일이야. 죽음이 가까워진 엄마와 함께 생활하는 일이 아이한테는 엄청 힘들 거야. 만약 타미코가 힘들어하면, 나는 그걸 견딜 수 없을 것 같아. 남은 날을 그런 식으로 보내고 싶지는 않아. 그렇다면 차라리 알리지 않고 이

대로 두는 게 나나 타미코를 위해 좋을지도 모른다는 생각이 들어. 나, 참 비열하지? 내가 편한 쪽을 선택하려 하다니, 엄마 자격이 없나 봐."

미치코의 두 눈에서 눈물이 흘러내렸다. 나는 이불을 뒤집어쓰며 얼굴을 가리려는 미치코의 손목을 가만히 잡았다. 손수건으로 눈물을 닦아 주자, 미치코는 미안하다며 빨개진 눈으로 부끄럽다는 듯 웃었다. 이 상황에서 나까지 울면 안 되겠다 싶어서, 나는 애써 눈물을 참았다.

"그렇게 망설여지면, 나도 타미 짱에게 말하지 않는 편이 좋을 거라고 생각해. 네 마음이 혼란스러운 상태에서 알리면 타미 짱도 받아들이기 힘들 거야. 시간이 좀 더 지난 다음에 확실하게 말하는 게 정말 좋겠다는 판단이 들면, 그때 말해도 늦지 않아."

미치코는 콧물을 훌쩍이며 말했다.

"그렇겠지, 그럴 거야."

나는 괴로워하는 친구의 마음을 편하게 해 줄 수 있는 어떤 위로의 말도 찾지 못했다. 그저 침대맡 탁자에 놓인 화장지를 뽑아 건네면서 무력한 자신을 책망했을 뿐이다.

"쇼 짱, 가방이 무거워 보이는데, 바쁜 거 아니야?"

"오늘 문화 센터에서 강의가 있는 날이었어."

일주일에 한 번씩 초보자를 위해 다도 교실을 여는 문화 센터가 병원 근처에 있었다.

"그랬구나. 강의한 뒤라 피곤할 텐데, 와 줘서 고마워."

나는 순간적으로 어떤 생각이 떠올라 다도 도구가 들어 있는 가방을 무릎에 올려놓았다.

"있잖아, 미치코, 내가 지금 차 만들어 줄 테니까 한번 마셔 볼래?"

"여기서? 나를 위해 만들어 주는 거야?"

"그럼. 물론 정식은 아니고, 약식으로."

침대 옆 탁자 위에 커피포트가 놓여 있었다. 나는 찻잔에 그 물을 따른 뒤, 차센(가루차에 더운물을 부은 다음 거품이 일도록 젓는 도구 : 옮긴이)으로 휘저었다.

'어깨의 힘을 빼고, 차센을 가볍게 쥐고, 일정한 방향으로 빠르게 저어 주세요. 차센을 찻잔에 너무 바싹 대고 문지르지 않도록 주의하세요.'

나는 강의 때마다 되풀이하는 말을 마음속으로 읊조리며 연한 차 한 잔을 만들었다. 미치코가 생글거리는 얼굴로 침대에 바른 자세를 하고 앉아서 그런 내 모습을 지켜보았다.

나는 "자, 다 됐어." 하고 찻잔을 내밀었다. 미치코는 "잘 마시겠습니다." 하고 고개를 깊이 숙여 인사하더니, 찻잔을 입에 댔다.

"아, 깔끔하면서도 깊은 맛이 나. 왠지 마음이 느긋해지면서 차분해지는 것 같은데. 쇼 짱, 고마워. 정말 고마워……."

미치코는 그렇게 말하고 또 조금 울었다. 죽음의 공포에 시달리는 친구에게 내가 해 줄 수 있는 일이라고는 고작 그게 다였다.

찻잔을 감싸 쥔 미치코의 손가락이 전보다 더 가늘어진 것을 보고, 나는 또다시 배어 나오려는 눈물을 힘들게 참았다.

미치코가 세상을 떠난 건 여름 축제가 열리기 전날이었다.

그날 평소처럼 내가 병문안을 갔을 때, 미치코는 이불 옆에 있는 좌식 의자에 기대어 앉아 있었다.

"오늘은 기분이 좋아 보이네."

"그래 보여?"

내가 기뻐하며 말했다.

"뺨이 연지를 칠한 것처럼 발그레해."

"오늘은 쇼 짱이 오기를 기다렸어."

미치코는 그렇게 말하면서 몸을 일으켰다.

"왜 그래? 새삼스럽게……."

"쇼 짱! 나, 이제 그만 갈 때가 된 것 같아."

"싫어, 왜 그런 소리를 하고 그래?"

그때 마침 미치코의 어머니가 차를 내왔다.

"어머니, 미치코가 이상한 소리를 해요."

"잘 들어 줘라. 네가 오기를 기다린 것 같으니까. 그럼 천천히 얘기해."

장지문이 힘없이 닫혔다.

"뭐야, 왜 그래? 그렇게 약해지면 안 돼!"

"아니야, 그 반대. 지금 마음이 아주 차분해."

"그러니까……."

"이렇게 명료한 정신으로 말할 수 있는 시간이 이제 오늘밖에 없을 것 같은 예감이 들어."

"왜 그런, 그러니까……."

봐, 지금 이렇게 건강한데. 나는 그렇게 말을 이으려다가 삼켜 버렸다.

"쇼 짱한테 지금까지 고마웠다는 말을 꼭 전하고 싶었어. 그래서 얼마나 고맙게 생각하는지 표현할 말을 찾아보았는데, 결국 못 찾았어. 진부하지만 정말로 고맙다고, 이렇게밖에 말을 못하겠어."

나는 어안이 벙벙해서 아무 대답도 할 수 없었다.

미치코는 한동안 우리가 여고생이던 시절의 추억을 이야기꾼처럼 막힘없이 펼쳐 놓았고, 그 황홀함에 취한 듯 보이기도 했다. 나는 미치코가 왠지 이대로 사라져 버릴 것만 같아서 무서웠다.

"저기, 미치코, 이제 그만 눕는 게 어떨까? 피곤하잖아."

"미안. 그럼, 그렇게 할게."

이불 속으로 들어가는 미치코를 거들어 주려고 팔을 잡은 순간, 내 손에 잡히는 앙상한 뼈의 감촉에 나는 마음이 쓰라렸다.

미치코가 베개에 머리를 대고 누운 뒤 말했다.

"지금껏 타미코에게는 말을 못 했는데, 오늘은 꼭 하려고."

나는 눈물이 쏟아질 것 같아서 미치코의 손을 꼭 잡고 겨우 이렇게 말했다.

"응……, 그렇게 해. 둘 다 힘들겠지만, 타미 쨩은 슬기로운 아이이니까 괜찮을 거야."

"그럴게, 타미코가 집에 오면 말할게."

그러나 미치코는 결국 타미 쨩에게 아무 말도 못 한 채 눈을 감았다.

유카타를 입은 타미 쨩은 할머니와 나란히 관 앞에 앉아 밤샘을 했다. 나는 그 모습을 지켜보다가, 이윽고 타미 쨩이 자리에서 일어나 화장실에 가는 것을 보고, 뒤따라가 복도에서 기다렸다. 그런데 웬일인지 좀처럼 나오지 않았다. 걱정되어 세면실을 엿보았더니, 타미 쨩은 창백한 얼굴로 마냥 한자리에 멍하니 서 있었다.

"타미 쨩, 허리띠가 풀렸네."

"저는 몰랐어요, 정말 몰랐어요……."

"뭐라고?"

그렇게 반문하다가 곧 엄마의 병에 대한 말이라는 것을 깨달았다. 나는 잠자코 유카타 띠를 다시 묶어 주었다.

타미 쨩이 고개를 숙인 채 물었다.

"아줌마는요? 알고 있었어요?"

"응, 알고 있었어."

이 아이에게 거짓말을 할 수는 없었다. 그리고 미치코가 죽기 직전에 네게 말하려 했다는 사실도 전할 수가 없었다. 혹시 그 말을 했다가 타미 짱이 주산 학원에서 좀 더 일찍 집에 오지 못한 자신을 책망하기라도 한다면, 너무 가여운 일이기 때문이다.

"그랬군요. 저만 몰랐던 거네요."

장례식이 끝난 날 밤, 나는 미치코의 꿈을 꾸었다. 꿈속에서 나와 미치코는 세 가닥으로 땋아 늘어뜨린 머리를 흔들고 있었다.

"쇼 짱, 타미코의 허리띠 묶어 줘서 고마워. 유카타 입고 사진 찍어 주겠다고 약속했는데, 지키지 못해서 미안했거든."

미치코, 타미 짱한테는 끝내 말을 못 하고 갔구나. 안 해도 그만인 고등학교 시절의 이야기를 한꺼번에 하느라 그랬지. 그래서 체력이 떨어진 거야. 미치코는 정말 수다쟁이라니까. 중요한 것은 뒤로 미루면서. 언제나 그런 식이었어. 결혼한다는 말도, 많이 아프다는 말도, 내게는 한참 시간이 지난 뒤에야 알렸고. 타미 짱한테도 꼭 해야 할 중요한 말을 못 하고, 그냥 저세상으로 가 버리면 어떡하니?

미치코의 사십구재가 끝났을 무렵, 요이치가 가라테 학원에서 돌아오는 길에 타미 짱을 집에 데려온 적이 있다.

"방화 수조 뒤에서 울고 있었어. 왜 그러느냐고 물어도 아무 말도 안 해."

현관문 앞에는 너무 울어서 눈이 퉁퉁 부은 얼굴에 주먹을 꼭 쥔 타미 짱이 요이치 뒤에 서 있었다.

"어머나, 타미 짱! 무슨 일이야? 자, 자, 일단 들어가자."

과자와 주스를 내놓고 먹으라고 해도 타미 짱은 한동안 고개를 숙인 채 들지 않았다.

"이거 아주 맛있는데. 타미, 안 먹으면 후회할걸."

요이치가 도라야키(밀가루, 달걀, 설탕을 섞은 반죽을 동글납작하게 구워 두 쪽을 맞붙인 사이에 팥소를 넣은 일본 과자 : 옮긴이)를 덥석 집어 먹으며 권해도, 타미 짱은 엉거주춤한 얼굴로 고개를 끄덕이고는 주스만 한 모금 삼킬 뿐이었다.

"죄송해요. 아빠한테 조금 혼나서 그랬어요."

"그랬어? 타미 짱이 혼날 일이 뭐가 있다고?"

괜찮으면 얘기해 보라고 재촉했더니, 다음 주에 있을 학부모 참관 수업 때문이라고 했다.

"평일이라서 아빠는 당연히 회사에 출근하시잖아요. 그래서 할머니가 가실 거라고. 저, 그게 싫다고 했거든요. 아무도 안 와도 된다고. 그랬더니 버릇없이 군다며……."

"어머, 할머니가 가시는 게 왜 싫어? 지금껏 학예회에도 그렇고, 할머니가 계속 타미 짱 보러 가셨잖아?"

타미 짱은 난처하다는 듯 고개를 숙이더니 말했다.

"그게……, 다른 아이들은 다 엄마가 오시잖아요. 그런데 저는 할머니가 오시는 것만 해도 특이한데, 저희 할머니는 기모노 입으시잖아요. 교실에서 너무 눈에 띄어요."

"우리 엄마도 기모노 입는데."

"아줌마는 젊으니까 괜찮아."

요이치가 "뭐야, 이상해." 하면서 두 개째 도라야키를 집어 들었다. 내가 "타미 쨩도 어서 먹어." 하고 건네자, 이번에는 순순히 "잘 먹겠습니다." 하고 입에 넣었다.

"있지, 타미 쨩, 아줌마가 기모노를 입게 된 계기가 뭔 줄 알아? 타미 쨩 할머니가 입은 걸 보고, 그게 좋아 보였기 때문이야."

"네? 정말요?"

"응. 아줌마가 젊었을 때, 그래, 아마 네 엄마랑 친구가 되고 나서 처음 집에 놀러 갔을 때일 거야. 할머니가 기모노에 앞치마를 두르고 일하는 모습이 얼마나 멋져 보였는지 몰라."

학교 수업이 끝난 뒤, 미치코의 손에 이끌려 갑자기 찾아간 내게 간식을 내주시며 웃던 그 얼굴. 기모노 소매 사이로 엿보이던 하얀 팔. 나는 타미 쨩 할머니의 젊은 시절 모습을 떠올려 보았다.

"정말이에요? 엄마가 예전에요, 아줌마는 일 때문에 일찍 기모노 차림에 익숙해져서 매일 입게 되었다는 말을 하기는 했어요……."

"맞아, 다도를 가르치게 된 다음부터였으니까. 할머니처럼 평소에도 깔끔하고 맵시 있게 입고 싶었어. 지금도 아줌마한테는 할머니가 기모노 스승이신걸."

타미 짱이 믿지 못하겠다는 얼굴로 말했다.

"으음, 우리 할머니 멋쟁이였구나."

요이치가 타미 짱이 돌아간 뒤에 말했다.

"어제 쓰보이가 타미를 놀렸어. 네 엄마는 죽었는데, 그럼 누가 오는 거냐고. 쭈글쭈글한 할머니가 오나, 불쌍해라, 그러면서."

"뭐야? 그래서 그랬구나."

학부모 참관 수업 날, 나와 할머니는 교실 뒤에 나란히 섰다. 요이치도 타미 짱도 출력물을 뒷자리로 넘길 때 우리 쪽을 힐끔 쳐다보았다. 그러는 두 아이의 모습이 똑 닮아서 웃음이 나왔다.

선생님에게 지명을 받은 타미 짱이 자리에서 일어나 국어 교과서를 읽었다.

"타미 짱, 아주 잘하던데요."

"오늘 아침에 내가 타미코한테 말했지. 다른 아이들의 엄마가 다 모였을 때일수록 더 생글생글 웃어야 한다고. 등을 똑바로 펴고 앉아 있으라고 말이야. 앞으로도 이런 일이 많을 텐데, 다 극복해야 한다고."

집으로 돌아가는 길에 할머니는 옛날과 변함없이 부드러

운 얼굴에 웃음을 담고 말했다. 나는 가슴이 먹먹해져서 겨우 "네, 그래야지요." 하고 대답했다.

　나는 무슨 일이 있을 때마다 미치코의 꿈을 꾸었다. 타미 짱은 어떤가 싶어 물었더니, 한 번도 엄마를 만나지 못했다며 고개를 저었다.

　"아줌마 꿈에는 우리 엄마가 그렇게 자주 나와요?"

　"그게 그러니까……, 어쩌냐면, 가끔씩 말이지……."

　나는 애매하게 대답할 수밖에 없었다.

　"있잖아요, 이건 요이치한테 들은 말인데, 이런 꿈을 꾸고 싶다고 생각하면 그렇게 된다고 했어요. 아줌마, 혹시 엄마가 꿈에 나왔으면 좋겠다고 생각하셨던 거 아니에요?"

　"요이치가 그런 말을 했어?"

　"네. 그게 뭐였더라……."

　요이치가 화장실에 갔다가 돌아왔다.

　"저기 요이치, 지난번에 네가 했던 꿈 얘기 말이야, 무의식의……."

　"아, 심층 심리?"

　어떻게 초등학생이 '심층 심리'라는 말을 아는 걸까? 요이치도 타미 짱도 아마 책에서 얻은 약간의 지식을 가지고 하는 말이겠지만, 어쨌든 걱정스러웠다.

　"아줌마, 우리 엄마를 너무 많이 생각하시는 거 아니에요?"

타미 짱이 마들렌의 포일을 벗기면서 조금 웃었다.

"타미 짱은? 엄마 생각 별로 안 해?"

"저는 일부러 생각 안 하려고 해요. 생각하면 자꾸 슬퍼지니까요."

"그래……."

"아줌마, 있잖아요……."

요이치가 타미 짱 옆에서 곤란하다는 얼굴을 했다.

"뭔데? 둘 다 왜 그래?"

"우리 아빠……, 재혼하신대요."

그날 저녁을 먹으려고 둘러앉은 자리에서 나는 왠지 모르게 우울했고, 요이치도 말수가 적었다. 전날 밤, 두 달 만에 해외 출장에서 돌아온 남편만 지나치게 쌩쌩했다. 남편은 요이치에게 요즘 학교에서 무얼 배우느냐고 물었다.

"얼마 전 과학 시간에 만약 자기가 좋아하는 곳에 갈 수 있다면 어디에 가고 싶은지 물었어……."

"그래? 그래서 너는 어디 가고 싶다고 했는데?"

"평소에 쉽게 갈 수 없는 곳이라는 조건이 있으니까, 남극이나 우주라고……."

"나는 우주가 좋겠는데. 남극은 너무 추울 것 같아서 싫어."

요이치가 아무런 반응도 보이지 않자, 남편은 눈길을 내게로 돌렸다. 오랜만에 집에 돌아온 남편은 요이치와 이야기하고 싶어서 안달이 나는 모양이었다.

"그래서?"

"타미는…… '달의 뒤편'이라고 대답했어."

나는 무슨 소리인지 전혀 이해를 못 했는데, 남편은 감탄했다는 듯이 말했다.

"아, 그거 괜찮은데? 달의 뒤편은 절대 볼 수가 없으니까."

"무슨 소리야?"

"달은 자전과 공전 주기가 일치하니까, 지구에서는 언제나 같은 쪽만 보이잖아. 만약 달이 자전하지 않는다면 앞도 뒤도 다 보일 거야."

"타미 짱도 그걸 알고 있었다는 거네."

"응, 나랑 같이 우주에 대한 책을 많이 읽었으니까. 나도 '과연 타미구나.' 하고 생각했어. 그런데……."

"그런데?"

"집에 오는 길에, 타미가 지구에서 달의 뒤편이 보이지 않는 건 다른 이유 때문일지도 모른다고 했어. 어쩌면 그곳이 천국이기 때문에 그런 게 아니겠냐고."

"그래……, 타미 짱이……."

"그렇다면, 어쩌면 자기 엄마가 거기에 있을지도 모른다고. 내가 이상한 소리 하지 말라며 웃었지만."

"전혀 이상한 소리는 아니지. 그리스 신화에서도 달은 죽은 자들의 나라니까."

"응, 알아. 여러 가지 이름이 붙은 여신들도 있고."

"게다가 달은 여자의 상징이기도 해. 그러니까 타미 짱이 그렇게 생각하는 건 아주 자연스러운 일일지도 몰라."

"나는 남자라서 태양이잖아. 그래서 아빠가 이름도 요이치라고 지은 거고."

"아아, 그렇지."

나는 차를 끓이러 가는 척 부엌으로 가서 눈가를 훔쳤다.

"쇼 짱, 저것 좀 봐. 보름달이야. 쟁반같이 둥근 보름달."

나로서는 그쪽 세계는 상상도 할 수 없어. 천국과 지옥이 있는지 없는지도 모르겠고. 근데 미치코, 거기서는 타미 짱이 잘 보이니? 잘 지켜보고 있는 거니? 그래, 미치코. 어쩌면 타미 짱의 말대로 넌 정말 달나라에 있을지도 모르겠다, 그치?

요이치가 초등학교 6학년 때였다. 어느 날, 학교에서 돌아온 요이치가 등에 멘 가방을 내려놓지도 않고 외쳤다.

"엄마, 큰일 났어! 타미네 할머니가 요양원에 들어간대!"

"뭐? 정말이야?"

"응. 타미가 그러는데, 현 경계 지역에 있는 산속이래. 작은 책자에는 '초고층에서 펼쳐지는 파노라마 같은 전망', 뭐 그렇게 쓰여 있었대. 그 말은 주변에 아무것도 없다는 얘기잖아. 꼭 우바스테야마(일본 나가노 현에 있는 산 이름. 늙은 큰 어머니를 봉양하던 젊은이가 아내의 성화에 못 이겨 이 산에 버렸으나, 슬픔에 겨워 다시 모셔 왔다는 전설이 있음 : 옮긴이)

같아."

"그런 말 함부로 하는 거 아니야."

나는 간식을 집으려던 요이치의 손을 한 대 딱 때렸다.

타미 짱의 아빠가 재혼한다고 했을 때는 나로서도 이러니저러니 말할 수 있는 처지가 아니었다. 하지만 할머니 문제는 모른 체할 수 없었다. 주제넘은 간섭일지도 모른다는 생각에 망설였지만, 결국 밤이 되기를 기다렸다가 타미 짱의 집으로 찾아갔다.

"저희가 쫓아내는 게 아닐까 생각하실지도 모르겠습니다만……, 사실은 장모님이 먼저 말을 꺼내셨어요."

"쫓아내다니요? 어떻게 그런 말씀을. 다만 타미 짱의 입장에서는 할머니가 안 계시면 안 될 것 같다는 생각이 들어서요. 그건 쿠니하라 씨가 더 잘 아시잖아요."

"물론 저도 그렇게 생각합니다. 그래서 지금까지 계속 반대해 왔던 거고요. 그런데 아무리 말해도 장모님이 듣지 않으시네요."

현관을 밝힌 희미한 불빛 아래에서 타미 짱의 아빠는 나와 눈을 마주치지 못했다.

그로부터 반년도 채 지나지 않아 할머니는 숨을 거두었다. 장례식 때 타미 짱은 봄부터 다니게 될 중학교의 교복을 입었다. 나는 교복의 치마 길이가 신경 쓰여서 공양 때 말을 걸었다.

"타미 짱, 나중에 아줌마가 치마 길이 줄여 줄게. 집으로
와."

내가 그렇게 말하자, 타미 짱은 텅 빈 눈으로 나를 보았다.

"지금 길이는 너무 길어."

타미 짱은 고개를 끄덕이고는 다시 말없이 앉아 있었다. 눈
앞에 놓인 음식에는 전혀 손을 대지 못했다. 술을 마시고 큰
소리로 떠드는 친척들에게 둘러싸인 타미 짱의 등은 더욱 작
아 보였다.

"타미는 요즘 자기 아빠랑 말을 별로 안 하나 봐."

절에서 돌아오는 길에 마찬가지로 새 교복을 입은 요이치
가 불쑥 그런 말을 던졌다.

"그래……."

"타미는 앞으로 어떻게 될까?"

"그러게, 걱정이네. 지금까지는 그래도 할머니가 계셔서 괜
찮았는데……. 요이치, 앞으로 중학생이 돼서도 학교에서 타
미 짱이 힘든 일을 겪으면 꼭 도와줘야 해."

"응, 알았어."

그날 오후 늦게 타미 짱이 교복을 들고 우리 집에 왔다.

"아줌마, 저녁 준비 시작하셨어요? 바쁘면 다음에 해 주셔
도 되는데……."

"아니야, 괜찮아. 어서 들어와."

요이치가 방에서 튀어나왔다.

"타미, 나랑 게임하자."

"안 돼. 아줌마가 치마 길이 줄이시는 거 봐야 돼."

"괜찮아. 가서 요이치랑 놀아."

"아니에요. 아줌마가 꿰매 주시는 거 보고 잘 배워 둘 거예요."

"엄마가 죽고 나니까 그 집 딸은 아무것도 못한다는 말을 듣게 하고 싶지는 않아. 부처님이 계신 곳으로 가기 전에, 타미코에게 집안일을 하나하나 가르쳐 둬야지……."

미치코가 죽은 뒤, 할머니는 그런 식으로 타미 짱을 길렀다. 엄격한 분이었다. 하지만 타미 짱도 할머니가 자기를 얼마나 사랑하는지, 사랑하기 때문에 그런다는 걸 알았기에 말없이 따랐다. 그래서 한겨울 추운 날씨에도 찬물로 쌀을 씻어서 손이 새빨개져 있곤 했다.

'할머니, 타미 짱에게 오늘만큼은 아무것도 안 해도 된다고, 그렇게 씩씩하게 굴지 않아도 된다고 말해 주세요. 이제막 장례식이 끝났을 뿐이잖아요.'

나는 마음속으로 그렇게 기도했다.

"그럼 아줌마랑 같이 해 볼래?"

"가르쳐 주실 거예요?"

"물론이지. 요이치, 가서 다리미 좀 가져올래?"

거실에 다리미를 가져다주고는 혼자만 할 일이 없어진 요이치가 "이렇게 된 바에야, 저는 여러분을 위해 차를 준비해 오겠습니다."라면서 부엌으로 가는 바람에, 타미 짱과 나는 웃었다.

"치맛자락 꿰매는 거, 주머니 입구 꿰맬 때랑 똑같아요?"

"맞아, 공그르기 하면 돼."

나는 타미 짱과 함께 바늘을 놀리면서 미치코를 처음 만났던 날의 일을 떠올렸다. 타미 짱에게 그 이야기를 해 주고 싶었지만, 지금 말했다가는 울어 버릴 것 같아서 꾹 참았다.

"타미 짱, 잘하는데. 이제 다 됐어."

"할머니가요, 남는 천으로 자주 주머니를 만들어 주셨어요. 옛날에 입던 기모노라면서. 가끔 아주 예쁜 꽃무늬 천을 발견하면, 전 그게 좋았어요."

"그랬구나, 참 멋진 할머니셨지."

무릎에 놓인 감색 치마 위로 눈물이 뚝뚝 떨어졌다. 나는 타미 짱의 손에서 바늘을 뺏고, 작은 몸을 꼭 껴안아 주었다.

"장례식 때는 사람들이 많아서 제대로 울지도 못했지? 잘 참았어. 정말 대견해."

요이치가 빨개진 눈으로 가만히 화장지 갑을 옆에 가져다 놓았다.

시계가 4시 반을 가리켰다. 나는 동그란 의자에서 일어나 가볍게 기지개를 켜고, 살짝 흐트러진 옷매무새를 고쳤다. 침대 쪽을 돌아보니 때마침 히로코 씨도 눈을 뜨는 참이었다.

"기분은 어때요?"

"아아, 저 푹 잠들었었나 봐요."

그때 복도에서 발소리가 들리고 문이 열리더니, 타미 짱과 요이치가 들어왔다. 두 사람의 손에는 커다란 쇼핑백이 들려 있었다.

"아줌마, 늦어서 죄송해요."

"어머, 뭘 이렇게 많이 들고 왔어?"

"요이치가 도와줬어요. 우선 필요할 것 같은 물건들만 챙겨 왔어요."

"미안, 타미코. 놀랐지? 요이치의 어머니가 여기까지 데려다 주셨고, 계속 곁에 있어 주셨어."

"아줌마, 정말 고맙습니다."

"아니야, 뭘."

타미 짱이 "어때요? 많이 아파요?" 하고 묻자, 히로코 씨는 "아직은. 왠지 이상한 느낌. 그런데 나, 폭수했다." 하더니 깔깔깔 웃었다.

"폭수가 뭐야?"

내가 요이치에게 작게 물었더니, "폭발 할 때의 '폭' 자에 수면 할 때의 '수' 자를 써서 '폭수', 즉 엄청나게 잤다는 말이야." 하고 우습다는 듯 대답했다.

다시 문이 열리더니, 이번에는 히로코 씨의 어머니가 들어왔다. 타미 짱이 나와 요이치를 소개하자, "어머나! 타미 짱님의 남자 친구랑 그 어머니시구나!" 하고 깜짝 놀란 얼굴을 했다. 두 손을 들고 눈을 깜박거리며 덩실덩실 춤이라도 출 기세였다.

"그러니까…… 아니에요. 그런 거 아니에요."

타미 짱의 목소리는 귀에 들리지도 않는 듯 "그건 그렇고, 이렇게 우리 딸을 여기까지 데려와 주셔서 정말 고맙습니다." 하더니, 이어서 "요이치 군도 고마워요. 듣던 대로 정말 멋있게 생겼네, 키도 크고."라면서 대뜸 우리 손을 잡고 악수하는 등 흥분한 모습이었다.

"애, 히로코! 너, 여러 사람한테 신세를 졌으니까, 엄청 잘생기거나 특별한 아기를 낳지 않으면 안 될 것 같다. 알았지, 한번 힘 좀 써 봐."

"엄마도 참, 그게 이제 와서 힘쓴다고 될 일이야?"

옆에서 그런 엄마와 딸의 대화를 듣는 요이치의 얼굴에 웃음을 참는 기색이 역력했다.

산원에서 나오자, 서쪽 하늘에 어렴풋이 석양이 물들기 시작했다.

"우리 엄마 대단한데, 아기 낳는 날을 예언했잖아."

"저런 상태라면 괜찮을 것 같네. 든든한 어머니도 곁에 계시고."

"재미있는 분들이셔. 역시 부모와 자식은 닮나 봐."

만월 전날의 달이 불쑥 떠올라 동쪽 하늘에 걸려 있었다.

여기서는 결코 볼 수 없는 저 달의 뒤편에서 미치코는 지금 어떤 심정으로 이곳을 지켜보고 있을까? 나는 미치코가 타미 짱에게 형제가 생긴 것을 틀림없이 기뻐할 거라는 생각이 들었다.

"그건 그렇고, 엄청나게 큰 제등이네."

"그렇지? 오늘내일은 산파들이 바쁘겠어."

나와 요이치는 언덕길 앞으로 이어진 하늘에 바싹 달라붙다시피 떠오른 커다란 달을 올려다보며 나란히 걸었다.

낮달
真昼の月

절 복도에서 사쿠미가 소화기를 만지려는 것을 보고 히로코가 말렸다. 사쿠미는 요즘 흥미를 느끼는 건 무엇이든 만지려고 해서 잠시도 눈을 뗄 수가 없다. 처음에는 집 안을 기어 다니는 수준이었는데, 어느 틈엔가 엉거주춤 일어서려 하더니, 이제는 종종걸음까지 칠 정도로 발전했다.

다시 아기 아빠가 되리라고는 눈곱만큼도 예상하지 못했다. 살던 집에서 두 사람이 죽은 탓인지 새 생명에 대한 이미지가 떠오르지 않았다는 건, 나중에 생각해 낸 그럴듯한 변명일 뿐이다. 히로코에게서 임신했다는 말을 들었을 때도 내게는 기쁘다는 감정이 생기지 않았다. 어쨌든 뭐라고 대답은 해야 될 것 같아서 생각할 시간을 달라고 했던 것 같다. 그렇게 흐지부지한 상태로 시간이 흘렀고, 히로코는 "여전히 생각 중인가 보네. 그러다 아기가 세상에 나올걸." 하며 어이없어했다.

아이가 스무 살이 될 때, 나는 도대체 몇 살인가? 정년이

넘을 거라는 사실만은 확실했다. 아니, 그보다 그때까지 살아 있으리라는 보장이나 있을까? 타미코도 겨우 고등학생이 되었다고 마음을 놓은 참이었건만. 갈피를 잡지 못하는 동안, 그런 나를 조롱이라도 하듯 히로코의 배는 날마다 불러 갔다. 와다 씨에게 히로코가 아기를 낳을 것 같다는 연락을 받았을 때도 "아, 그런가요?" 하고 남의 일처럼 대답했다.

나는 미치코가 타미코를 낳았을 때, "아기들은 다 똑같아 보인다."고 했다가 미치코를 화나게 한 일이 떠올랐다. 그 경험을 교훈 삼아 이번에는 입 밖에 내지는 않았지만, 역시나 신생아실에 나란히 누워 있는 새 생명들은 다 비슷하게 생겨서 구별하기가 쉽지 않았다.

아이 이름을 타미코에게 지어 달라고 하자는 말을 꺼낸 사람은 히로코였다.

"아마 료타 씨보다 한자도 더 많이 알걸. 역시 아는 게 많은 사람한테 이름을 지어 달라고 하는 게 좋을 것 같아."

처음에는 히로코 나름대로 마음을 써 주는 것인가 싶었는데, 왠지 꼭 그런 것만은 아닌 듯했다.

"아빠, 그래도 괜찮아요? 혹시 뭔가 생각해 놓은 게 있는 거 아니에요?"

그 말을 듣고서야, 비로소 아기 이름 같은 건 전혀 내 머릿속에 들어 있지 않다는 사실을 깨달았다. 그래도 그렇게 대답하려니 체면이 서지 않아 순간적으로 떠오른 이름을 대며 얼버무렸다.

"뭐, 장남이니까 '타로'나 '이치로'(타로나 이치로는 장남에게 흔히 붙이는 이름으로 太郎, 一郎의 일본어 발음임 : 옮긴이) 정도면 어떨까 하고……."

그러자 히로코와 타미코가 동시에 뭐야, 하는 얼굴을 했다.

"적어도 그 둘을 합해서 '타이치로'라면 또 모를까, 나도 그 정도 생각은 했는데, 너무하는 거 아냐?"

"하기야 저한테 일본 옛날이야기에나 나올 것 같은 이름을 지어 주신 분인데요, 뭘."

"자……, 그럼 타미코가 하나 생각해 보는 게 어때?"

"어, 정말 제가 지어도 괜찮겠어요?"

"물론. 나는 타미코한테 맡기고 싶어."

타미코는 잠깐 당혹해하는 듯싶더니, 곧 "그럼, 기꺼이 받아들여서 이름을 지어 보도록 하겠습니다."라며 승낙했다. 그로부터 3일이 지난 뒤 저녁을 먹고 나서, 타미코가 '사쿠미(朔望)'라고 쓴 보고서 용지를 내밀었다.

"삭(朔)은 초하루, 즉 신월을 뜻해요. 장남이니까 '처음'이라는 의미에도 들어맞고요. 그리고 망(望)은 만월을 뜻해요. 태어난 날이 마침 보름날이었으니까. 그래서 '사쿠미'라고 지으면 어떨까요?"

히로코는 상장이라도 받아 든 사람처럼 이름이 쓰인 종이를 머리 위로 들어 올렸다.

"정말 정말 멋진 이름이야! 과연 타미코!"

"의미는 꽤 그럴듯한데, 어쩐지 글자 모양이 서예가 이름 같은데."

나는 "이렇게 지었다가 나중에 이름값도 못하면 어떡하지?"하고 덧붙였다.

"여보세요, 고작 타로 정도밖에 생각 못한 분께 그런 말은 듣고 싶지 않네요. 무조건 이걸로 결정! 사쿠미로 결정!"

얼떨떨한 상태로 사쿠미와 함께 생활하면서, 차츰 타미코의 동생이 남자애라서 다행이라는 생각이 들었다. 만약 이 아이가 여자애였다면, 커 가는 과정에서 분명 타미코와 비교하게 되었을 것이다. 그리고 그건 내 무의식 속에서 아이들의 엄마를 비교하는 것과 다름없었다. 그런 일이 생길까 봐 겁을 내며 벌벌 떠는 한심한 아빠라니, 두 아이가 너무 가엽지 않겠는가? 안도하는 마음에 얼굴이 풀어지며 자조의 웃음이 흘러나왔다.

이래저래 시간이 흘러서 사쿠미도 벌써 두 살이 다 되었다.

저 앞에서 친척 한 사람이 히로코와 사쿠미를 흘끔흘끔 쳐다보며 얼굴을 찌푸렸다. 돌아가신 장모의 사촌 여동생이던가, 아니면 육촌이던가? 아니, 남동생의 부인이던가? 정확히 기억나지는 않지만 아무튼 제사 때마다 보이는 얼굴이었다. 타미코가 그쪽으로 다가가자, "아이고, 타미코 짱!"하면서 노년 여성 세 명이 한꺼번에 웃는 얼굴을 했다.

"타미코 짱, 도쿄에 있는 대학에 합격했다며? 축하해. 정말 장하구나!"

"감사합니다."

세 사람은 번갈아 타미코의 손을 잡고 응응 하며 고개를 끄덕였다. 자, 이쯤에서 나도 임무 하나를 완수해야겠다는 각오를 다지며 "오랫동안 연락도 못 드렸습니다." 하고 그들 사이에 끼어들었다.

"자네, 딸 하나는 똑똑하게 잘 키웠네. 정말 다행이구먼."

세 사람이 상복을 입은 내 어깨와 팔에 달라붙어 꾹꾹 눌러 대는 통에, 나는 주춤거리며 "걱정해 주신 덕분입니다." 하고 대답했다.

"언제 그쪽으로 가니?"

"내일요."

"어머나, 그럼 바쁠 텐데. 시간 괜찮아?"

"네. 그래도 오늘 안 올 수는 없어서요."

"그럼, 할머니 7주기인데."

"그러고 보니, 히데코 씨 모습이 안 보이네. 오늘은 참석 안 했나?"

"네. 오늘 누나가 매형 댁 제사와 겹쳐서……."

"타미, 타미."

소화기에 싫증이 난 사쿠미가 타미코의 이름을 부르며 이쪽으로 오려고 했다. 그때까지 웃는 얼굴이던 친척들이 다시 인상을 썼다.

"아니, 누나 이름을 저렇게 함부로 부르게 놔 두다니!"

사쿠미를 쫓아온 히로코가 깜짝 놀란 얼굴로 조심스레 고개를 숙였다.

"괜찮아요. 제가 그렇게 부르라고 했어요."

타미코는 그렇게 말하고 사쿠미 쪽으로 다가갔다. 잘됐다 싶어서 나도 그 자리를 벗어났다. 그러자 곧 친척들이 수군거리는 소리가 들려왔다. 사쿠미는 좋다며 타미코의 다리에 달라붙었다.

이런 일이 있을 거라고 짐작했기에 오늘 제사에 참석하지 않아도 된다고 했건만 전혀 들으려 하지 않았다. 히로코는 미치코의 기일은 물론이고, 장모의 장례식과 3주기까지의 제사에는 참석하지 않았다. 친척들이 "자네의 새 부인은 참석시키지 말게." 하고 못을 박았기 때문이다. 그런데 누나가 못 온다는 소식을 듣고 더 고집을 부렸다.

"할머니 장례식 때도 참석 못 했는데, 이번엔 꼭 갈 거야."

사람들이 사쿠미를 호기심에 찬 눈으로 볼 거라고 해도, 히로코는 물러서지 않았다.

미치코가 폐암에 걸렸다는 사실을 안 건 타미코가 초등학교 2학년이던 해 겨울이었다. 초가을에 걸린 감기가 그때껏 낫지 않고 계속 가래가 걸린 것 같다고 해서, 혹시나 하는 마음에 근처 병원에서 검사를 받도록 했다. 그리고 그다음 주의 일이었다. 결과를 들으러 간 미치코는 의사가 복잡한 얼굴로 "보호자분과 이야기하고 싶다."는 말을 꺼내는 바람에 속사정을 알게 되었다. 그 말을 내게 전할 때, 미치코는 힘없이 웃었다.

내 몸에 대한 문제니까 내가 파악하고 싶다, 정확하게 모든 것을 말해 달라, 그렇게 다그치는 미치코에게 의사도 두 손을 든 모양이었다. 결국 엑스레이를 손으로 가리키며 자세하게 설명해 주었다고 한다.

타미코가 잠든 뒤 거실에 모였을 때, 미치코는 의사로부터 건네받은 대학 병원 소개장이 든 봉투를 바라보며 장모와 내게 자신의 상태를 담담하게 전했다.

장모가 빈 찻잔을 손바닥으로 굴리며 불쑥 말했다.

"네 아버지도 가슴이 아파서 돌아가셨는데. 여자는 자기 아버지를 닮는다더니, 그 말이 맞는가 보구나."

"그러게 말이야. 타미코도 제 아빠를 쏙 빼닮았으니까."

나는 엄마와 딸의 그런 대화를 들으며 머리가 어질어질했다. 어쨌든 의사의 말대로 수술을 받자는 말만 간신히 할 수 있었다. 대학 병원에서 받은 수술은 헛수고로 끝났다. 이미 림프샘과 간장에 전이가 되었다는 사실만 추가로 밝혀냈을 뿐이다. 길어야 반년 남았을까 말까라는 말을 들은 날 밤, 미치코는 병을 알게 된 뒤 처음으로 눈물을 보였다. 항암제와 방사선 치료를 받았지만, 그건 일시적인 방편에 지나지 않았다. 치료가 오히려 몸에 부담을 준다는 사실은 문외한인 내가 보기에도 명백했다. 주치의는 그대로 계속 입원해 있는 것이 좋다고 권유했지만, 가능한 한 딸과 함께 있고 싶다는 미치코의 바람에 따라 퇴원을 선택했다.

"나는 이 집에서 죽고 싶어."

미치코는 노인네 같은 소리를 했고, 더 이상의 적극적인 치료를 거부했다.

나는 의사가 된 고등학교 동창생과 상담해 보았다.

동창생은 내 얼굴을 똑바로 쳐다보며 말했다.

"그게 아이 엄마의 희망이라면, 그렇게 하도록 해 줘."

나도 마음 한구석에 의사에 따라 어쩌면 다른 치료법이 있을지도 모른다는 실낱같은 기대를 품었다가, '아, 정말 더는 방법이 없나 보다.' 싶어서 체념했다.

"환자에게 가장 괴로운 건 통증일 거야. 말 그대로 '격통'이거든. 폐암 말기는 특히 더 심해. 더는 못 참겠다고, 어떻게 좀 해 달라고 하는 지경에 이르면, 병원에서는 모르핀을 쓸 거야. 그 양을 점점 더 늘려 가다 보면 어느덧 잠든 사이에 호흡이 멈추게 돼. 그때가 정말 마지막인 셈이지."

그 뒤, 미치코는 맨 처음 진단을 받았던 동네 병원에 다녔다. 거기서 진통제를 받아서 복용하며 하루하루를 보냈다. 본격적인 장마철에 접어들었을 때는 하루 종일 이불 속에 누워 있는 날이 더 많았다. 게다가 걸어서 15분 거리에 있는 병원

조차 다니기 힘겨워해서 의사에게 왕진을 부탁했다.

어느 날 밤이었다. 자려고 방에 들어갔을 때, 미치코가 내게 할 말이 있다며 똑바로 앉아서 나를 바라보았다.

미치코는 웃는 얼굴로 단숨에 말했다.

"당신은 패기가 없고, 유달리 외로움을 많이 타는 사람이라 혼자서는 못 살 거야. 사실은 나중에 늙으면 당신 먼저 보내 주고 나서 내가 갈 생각이었는데, 아무래도 그렇게는 안 될 것 같네, 그치? 그러니까 시간이 조금 지나고 타미코가 안정을 찾으면, 그때 좋은 사람 만나서 재혼했으면 좋겠어."

나는 잠옷 단추를 끼우던 손길을 멈추고 호통을 쳤다.

"왜 그런 쓸데없는 소리를 하고 그래?"

"여보, 이건 아주 중요한 일이야. 나는 타미코는 별로 걱정 안 해. 그 아이는 뭐 하나에 빠지면 콕 틀어박히는 건 당신이랑 닮았지만, 현실을 받아들이고 극복해 나가는 힘은 당신보다 훨씬 더 강해. 그리고 한동안은 우리 엄마가 옆에 있으니까 괜찮을 거야. 타미코는 할머니가 키운 할머니의 아이니까. 하지만 당신은 달라. 체면을 중요하게 여기는 사람이라 겉보기에는 아무렇지 않은 척해도, 아마 견디기 힘들 거야. 만약 그런 상황이 되면 당신 때문에 타미코도 힘들 거고. 그럴 때 당신을 감싸 주는 사람이 곁에 있으면, 그건 당신한테도 타미코한테도 좋은 일이야."

나는 전기스탠드의 고즈넉한 불빛에 비치는 미치코의 얼

굴을 보며 '이 여자가 원래 이렇게 말이 많았나?' 하고 생각했다. 마땅히 대답할 말이 없어서, 그냥 이불 속으로 들어가 등을 돌리고 누웠다.

"왠지 당신은 자기가 죽는다는 사실을 받아들인 모양인데, 나는 아직 포기할 수 없어."

"받아들여서 이러는 게 아니야. 다만 그러려고 애쓸 뿐이지. 그거 말고는 내가 할 수 있는 일이 없으니까."

"그만 불 끌게." 하더니 미치코도 누웠다. 어두운 방이 눈에 익을 때쯤 미치코가 다시 입을 열었다.

"이제 타미코한테도 말하려고 해."

아침부터 회색 구름이 낮게 깔린 날이었다. 여름 축제가 시작되기 직전이라 연휴를 앞두고 처리해야 할 일들이 많았지만, 거래처의 사정으로 오후 회의가 취소된 상태였다.

"뭐야, 저쪽은 벌써 휴가 모드로 접어든 거 아니야?"

동료들과 투덜거리면서 내 자리로 돌아왔을 때, 세심한 부분까지 신경 써 주는 시간제 근무 여직원이 차를 가져다주었다. 차를 책상에 내려놓으려는 순간, 여직원의 손을 벗어난 찻잔이 바닥에 떨어져 와장창 소리를 냈다. 죄송하다며 몇 번씩 사과하는 여직원과 함께 찻잔 조각을 줍고 있을 때였다. "댁에서 전화예요." 하는 소리가 들렸다.

산산이 부서진 찻잔, 그 순간에 울리는 전화벨. 만화에서처럼 무언가 딱 들어맞는 순간이었다. 나는 기가 막혀서 엉겁결에 혀를 찰 뻔했다. 각오를 단단히 다지며, 외선 버튼을 누르고 수화기를 들었다.

"미치코의 상태가 이상하네. 지금 끙끙 신음하고 있어. 의사 선생님께 와 주십사 부탁하려고 전화를 드렸는데, 진찰 중이라 앞으로 30분은 걸린다고 하네. 어떻게 하지?"

"구급차는요?"

"부르는 게 좋겠나? 자네가 들어오는 거랑 길이 어긋나지 않을까 싶어서."

"알겠습니다, 지금 당장 갈게요. 타미코는요?"

"주산 학원에 갔어. 마침 돌아올 때가 되기는 했는데……."

뛰어들다시피 올라탄 택시 안에서 나는 미치코의 임종을 지키는 자리에 나보다 의사가 늦지 않기를 바랐다. 아버지가 집에서 갑자기 돌아가셨을 때, 병원이 아닌 곳에서 사망한 경우에는 부검이 필요하다고 해서 경찰들이 집에 몰려들었다. 그때 어머니와 할머니가 허둥거리던 기억이 떠올랐기 때문이다.

미치코의 죽음으로 혼란스러운 상황에서 경찰이 집에 찾아오는 일만은 타미코와 장모를 위해서라도 피하고 싶었다. 그러다 이내 진료를 지속적으로 받아 온 병원의 주치의가 있으니 그런 걱정은 안 해도 된다는 걸 깨달았다. 사망하기 1년 이내에 병원 진찰을 받은 기록이 있으면, 자택에서 의사가 없는 상태에서 사망해도 부검할 필요가 없었다. 아버지의 장례식 때 조금 안정을 찾은 뒤에 왠지 신경이 쓰여서 알아보지 않았던가.

내가 왜 이러지? 나야말로 혼란에 빠졌나?

집에 도착했더니 의사는 이미 와 있었고, 미치코는 옅은 호흡을 이어 가고 있었다.

"미치코야, 여기 좀 보아라. 애 아빠가 왔어."

장모의 부름에도 대답은 없었다. 5분도 지나지 않아, 미치코의 호흡수는 현저히 줄어들기 시작했다.

"점심때가 지나서 쇼코가 집에 왔었네. 그때까지만 해도 잠깐 일어나 앉았는데. 그 뒤에 진통제를 먹고 잠들었어."

마침내 불규칙한 숨을 내쉬는가 싶더니, 그때껏 미약하게 오르락내리락하던 가슴의 움직임이 멎었다. 의사가 맥박과 호흡, 동공을 확인하고 "안타깝지만." 하고 머리를 숙였다. 장모가 "선생님, 지금까지 감사합니다." 하고 이마가 바닥에 닿을 정도로 고개를 숙였다. 그러자 의사가 더 깊숙이 허리를 굽혔다.

"마지막 순간에는 아프지 않았던 것 같구나. 그게 얼마나 다행인지, 얼마나 고마운 일인지."

장모가 우는 얼굴에 애써 미소를 지으며 미치코의 얼굴에 이불을 씌웠을 때, 타미코가 돌아왔다.

"현관에 아빠 구두가 있어!"

나는 방문을 열다가 놀라서 눈만 껌벅이고 있는 타미코의 어깨를 안아서 미치코의 머리맡에 앉게 했다. 장모가 얼굴에 덮었던 이불을 젖히자, 타미코는 허리를 숙여 미치코의 볼에 가만히 손가락을 갖다 댔다.

"천식에…… 걸린 정도로는 죽지 않아. 내가 요이치랑 조사해 봤는걸. 쇼 짱도 그렇게 말했단 말이야……."

타미코는 말을 미처 끝내기도 전에 눈물을 쏟으며 미치코의 어깨에 엎드려 큰 소리로 울었다. 장모가 타미코의 등을 오른손으로 쓸어 주면서, 왼쪽 옷소매로는 자신의 얼굴에 흐르는 눈물을 훔쳤다.

제단을 들여놓기 위해 장지문을 떼어 내자, 아직 석양이라 하기에는 이른 파란 하늘에 흰 달이 걸려 있었다. 가까운 곳에서 본오도리(음력 7월 보름 전후의 여름 축제 날 밤에 많은 남녀가 모여서 추는 춤 : 옮긴이)의 큰북 소리가 들려왔다. 그게 누구였더라, 아마 무코다 쿠니코의 소설이었을 것이다. 한낮에 뜬 달 아래서 부부가 다시 시작해야 할지 말아야 할지 고민하는 내용이었는데, 제목이 생각나지 않았다. 친척들과 장례 회사 사람들이 분주하게 돌아다니는 가운데, 나는 멍하니 그런 생각을 했다.

화장장에서 화장하는 동안, 타미코는 줄곧 말없이 장모와 함께 화장로 앞에 서 있었다.

"타미코 짱, 대견하네."

"저렇게 야무진 모습은 미치코를 닮았나 봐."

등을 곧게 펴고 서서 견고하게 닫힌 화장로의 문을 똑바로 응시하는 타미코의 모습에 참석한 사람들이 눈물을 흘렸다. 타미코의 눈은 텅 비어 공허했고, 얼굴에는 표정이 전혀 없었다. 그 모습을 보는 순간, 나는 화장실로 뛰어 들어갔다.

"왜 엄마의 병에 대해서 나한테 말해 주지 않았어?"

"아빠는 왜 사실을 나한테만 숨겼어?"

차라리 그렇게 다그쳤다면, 내 마음이 훨씬 편했을 것이다. 미치코도 마찬가지였다. 죽음의 공포를 단 한 번도 내비치지 않았고, 득도한 사람처럼 혼자 망연히 가 버렸다.

변기를 붙잡고 쭈그려 앉자, 둑이라도 터진 듯 눈물이 마구 쏟아지기 시작했다.

미치코가 죽은 뒤에 가장 괴로웠던 일은 타미코와 장모와 나, 셋이 둘러앉아 저녁밥을 먹는 일이었다.

"타미코, 많이 먹어야 쑥쑥 크지."

타미코는 도라에몽 밥공기에 수북하게 담긴 하얀 밥을 앞에 놓고 고개를 들지 않았다.

"어서 먹어. 먹어야 돼, 안 그러면 병나."

장모가 화내며 똑같은 야단을 몇 번씩 되풀이했지만, 타미코는 입을 다문 채 자기 방으로 들어가 버렸다. 나는 둘만 남은 식탁에서 답답한 공기에 짓눌리며 반찬을 집어 먹었다.

"나중에 주먹밥 만들어서 가져다줄 테니, 걱정 말고 먹게."

정원에서 들려오는 벌레 소리가 허망하게 울렸다. 가을이네요, 어쩐지 쓸쓸해지는 가을이에요, 하고 우쭐대며 우는 것 같아서 화가 치밀었다.

"자네도 자네 어머님이나 아버님이 돌아가셨을 때, 저렇게 밥을 못 먹었나?"

"잘 기억나지 않아요. 그래도 지금 타미코보다는 더 컸을 때니까요."

아버지는 내가 중학교 때, 어머니는 고등학교에 들어가고 얼마 안 돼서 돌아가셨다.

"자네한테는 나이 많은 누나가 있었으니까, 매형도 그렇고. 부모님 대신 돌봐 주고 대학에도 보내 주었지. 타미코에게도 형제가 있었다면 좀 달랐을까?"

나는 "잘 먹었습니다." 하고 일어나 거실로 가서, 이미 다 읽은 조간을 다시 펼쳐 들었다.

"차 한 잔 더 줄까?"

"아니, 됐어요. 잘 먹었어요."

장모가 나와 타미코를 위해 하루에 세 번씩 꼬박꼬박 식사를 챙겨 주는 게 괴로웠다. 물론 감사하는 마음으로 먹어야 한다는 건 잘 알았다. 하지만 그때마다 여봐란듯이 미치코의 부재를 실감할 수밖에 없었고, 그건 참으로 견디기 힘든 고통이었다.

타미코는 눈에 띄게 말수가 줄어들었지만, 마침내 엄마의 부재를 일상적으로 받아들이고 서서히 현실에 순응해 가는 듯 보였다. 아니, 타미코도 나와 마찬가지로 어떻게든 그렇게 해 보려고 안간힘을 썼을 것이다. 장모처럼 미치코의 죽음을 달관하기에는 나도 타미코도 아직은 너무 젊었다.

겨울을 맞이할 즈음, 타미코와 장모가 사소한 일로 말다툼을 했다. 타미코가 장모에게 주산 학원에 가기 전에 쌀을 씻으면 손이 얼어서 주판을 놓을 수 없으니 적어도 학원에 가는 날만은 당번에서 빼 달라고 주장했다. 그러나 장모는 "밥을 먹는 게 사람이 사는 기본이야. 주산 학원에 가는 것보다 그게 훨씬 더 중요해."라며 호되게 물리쳤다. 타미코는 반항심에 다시 저녁밥을 거부했다.

나는 아직 초등학생인데 그렇게까지 집안일을 강요할 필요는 없다는 생각이었다. 물론 그것이 엄마를 잃은 손녀에 대한 장모의 지극한 애정 때문이라는 사실은 잘 알고 있었다. 다만 모든 아이들이 그렇듯이 집안일 거드는 것을 귀찮아한다거나 게으름을 피우는 것쯤은 눈감아 줘도 괜찮지 않을까 싶었다.

솔직히 말하면, 게으름 부리는 생활을 허락받고 싶었던 사람은 누구랄 것도 없이 나 자신이었다. 딸을 둔 아빠로서 참으로 무책임한 태도였지만, 나야말로 잠깐이라도 멈춰 서서 편안하게 숨 쉬고 싶었다. 숨이 막힐 것만 같았기 때문이다.

그러나 설거지를 다 끝낸 뒤에도 부엌에 서서 주먹밥을 만드는 장모의 작은 등을 보면 너무 애처로워서 그럴 수가 없었다. 추위가 심해지는 탓인지 허리가 아프다는 말을 자주 하는 것도 안쓰러웠다. 어느 날 밤, 나는 마음먹고 타미코의 방으로 갔다.

　타미코는 책장 옆에 앉아서 무릎 위에 두꺼운 책을 펼쳐 놓고 있었다. 암에 대한 책인 듯 보였는데, 내가 사 준 기억은 없었다.

　"그렇게 어려운 책이 어디서 났어?"

　"지난번에 쇼 짱이랑 역 앞에 있는 서점에 갔었어. 이 책이라면 나도 그럭저럭 읽을 수 있을 거라며 골라 줬어."

　"그럼 히데코 고모가 사 준 거야?"

　"아니, 작년 설 때 받은 세뱃돈 남은 걸로 내가 샀어. 할머니가 우체국에서 찾아다 주셨거든."

　"그랬어?"

　"있지, 암이란 게 몸 밖에서 들어오는 나쁜 병원균이 아닌가 봐. 엄마를 죽게 만든 나쁜 녀석들이라고 생각했는데, 일반 세포가 너무 많이 늘어난 것뿐이래."

　"어, 그래. 여기까지 늘어나면 끝이라는 한도를 무시하고, 계속 늘어난 세포를 말하는 거야."

　"그렇게 생각하면, 암도 엄마의 세포니까 엄마 몸의 일부였던 거잖아."

미치코가 '받아들인다.'고 했던 말은 바로 이런 것이었을까? 조금 쓸쓸하게 웃는 타미코의 입가를 보면서 그런 생각을 했다. 암은 엄마의 몸 안에서 일어났던 일 가운데 하나. 나는 그렇게 결론을 내려 준 눈앞의 딸을 꽉 안아 주고 싶은 충동을 느꼈다. 그러나 그런 마음을 억누르며 "그러게." 하고 무뚝뚝하게 대답했다. 타미코 옆에 놓인 접시 위에는 먹다 만 주먹밥이 굴러다니고 있었다.

"타미코, 할머니는 네가 미워서 쌀 씻는 일을 시키거나 하는 게 아니야. 네가 컸을 때를 걱정하셔서 집안일을 돕게 하는 거야. 그건 알고 있지?"

"응, 알아. 나중에 할머니한테 사과드릴게."

"그렇다면 됐어. 어서 목욕하고 자."

나는 타미코가 어느새 훌쩍 커 버렸다는 사실을 알고 당혹스러웠다. 앞으로 나는 타미코에게 도대체 무엇을 해 줄 수 있을까? 아빠의 불안한 마음을 딸이 눈치채지 않도록 조심하는 게 고작일 것이다.

히로코에 대해서는 같은 층에 근무하는 파견 사원이라는 것 말고는 아는 게 없었다. 복사기 앞에서 머리를 부딪쳤을 때 "먼저 하세요." 하고 양보해 줘서 처음 알게 되었다. 그런데 나중에 그 얘기를 했을 때, 히로코는 그날 일을 기억하지 못했다. 더러 옆 부서로 섞여 들어간 내 우편물을 책상까지 가져다주는 일도 있었지만, 그럴 때도 사무적인 인사밖에는 나누지 않았다.

서로 조금 친해지자, 히로코는 금방 내게 존댓말을 쓰지 않았다. 그런 점만 해도 그때껏 내가 보아 온 여자들과는 성향이 달랐다.

타미코와 장모의 일로 가슴이 졸아든 나는, 가끔은 여자의 의견도 들어 보는 게 좋겠다는 생각에 히로코에게 그 이야기를 했다. 그랬더니 이런 말들을 해 주었다.

"혼자만 그렇게 생각하는 거 아닐까? 그런 일에 일일이 신경 쓰지 않아도 될 것 같은데."

"타미코 짱도 장모님도 그렇게까지 깊이 생각하지는 않을 것 같아."

그러자 나도 왠지 아무래도 좋을 것 같은 생각이 들면서 마음이 한결 가벼워졌다.

어느 날, 낮에 갔던 서서 먹는 메밀국수집의 음식 맛이 최악이었다고 말하자, 히로코는 그게 어느 가게인지 물었다. 새로 생긴 빌딩 근처에 있는 가게라고 했더니, 그 집은 가지 말라며 웃었다.

"그 집 튀김은 옷만 잔뜩 입힌 데다, 중요한 새우가 너무 작거든."

튀김이 맛있는 가게, 국수를 푸짐하게 담아 주는 가게, 자리가 많은 가게. 어리둥절해하는 내게 히로코는 서서 먹는 메밀국수집 이름을 줄줄이 늘어놓았다.

"나, 시내에 있는 그런 가게들 많이 알거든."

그다음 주에 히로코는 자신이 추천하는 가게로 나를 데려갔다. 확실히 그 가게는 완벽했다. 나는 서서 먹는 메밀국수집에 여자와 오기는 처음이라는 생각을 하면서, 카운터 안쪽을 향해 "아저씨, 파 많이 주세요." 하고 말하는 히로코의 옆모습을 쳐다보았다.

"우리 엄마는 저녁때 출근하잖아. 그래서 저녁은 주로 그전에 집 근처에 있는 라멘 가게에서 해결할 때가 많았어. 라멘을 먹은 다음 날은 볶음밥, 그다음 날은 레바니라(육류의 간에 부추 등의 채소를 넣고 볶은 음식 : 옮긴이) 정식, 이런 식으로. 그러다 싫증이 나면 이런 곳에도 오곤 했어."

어린 딸을 데리고 저녁을 먹기 위해 서서 먹는 메밀국수집에 오는 엄마. 나로서는 전혀 상상이 가지 않는 광경이었다.

"아주 가끔 엄마가 일하는 가게의 손님이랑 마음이 맞으면, 그 사람이 초밥집에 데려가 주기도 했어. 그런데 늘 평일 점심이었어. 손님한테는 어엿한 가정이 있으니까, 토요일이나 일요일에는 시간을 내기가 힘들잖아. 아침에 학교에 가려고 현관에서 신발을 신고 있으면 안방에서 엄마가 나와. 잠옷 바람에 잠이 덜 깬 얼굴로 '오늘은 맛있는 초밥을 얻어먹기로 했으니까, 학교 가지 말고 쉬어. 10시에 엄마 다시 깨우고.' 이러는 거야."

"재미있는 엄마네."

"맞아. 어처구니없지, 우리 엄마?"

"그래도 좋은 엄마 같은데."

"뭐, 천성이 밝은 사람이니까. 그렇지 않았으면, 여자 혼자서 아이를 키우기 힘들었을 거야."

그 말을 들었을 때, 이 여자가 우리 집에 있으면 뭔가 달라질지도 모르겠다는 생각이 들었다. 그저 적당히 풀어지는 정도가 아니라, 어깨의 힘을 빼고 '대충대충 생활하는 것'이 가능해질 것 같았다. 가끔은 한숨 돌리고 싶은 내게 그래도 괜찮다고 허용해 주는 사람. 그리고 자기 자신도 허용할 수 있는 사람. 지금 타미코와 장모에게, 또 무엇보다 질식하기 직전에 놓인 내게 바로 그런 사람이 필요했다.

가게를 나와 골목길에서 큰길로 빠져나오자, 하늘에 걸려 있는 하얀 달이 보였다. 이미 반달을 지나 만월을 향해 차오르는 도정에 있는 어중간한 형태의 달이었다.

갑자기 그 소설의 제목이 떠올라서, 나는 소리를 질렀다.

"아, 맞다! 그거 《무의 달》이었어. 동그랗게 썰려다가 망가진 모양의 무."

"응? 무슨 소리?"

옆에서 히로코가 의아한 얼굴을 했다.

한낮에 떠오른 달이 하늘에서 우리를 내려다보고 있었다. 그러자 왠지 히로코와 이렇게 아무 결론도 내리지 않고 어정

쩡하게 지내는 데 양심의 가책을 느꼈다. 소설에 나오는 부부는 결국 화해하고 다시 살기로 했던가?

"당신은 혼자서는 살 수 없어."

미치코의 말이 맞았다.

생각났을 때 말하지 않으면 앞으로도 계속 애매모호한 관계로 있게 될 것 같았다. 말하려면 지금밖에 없다. 나는 달을 올려다보며 히로코에게 "나와 부부가 될 생각은 없나?" 하고 물었다.

잠깐 정적이 흐른 뒤, 옆으로 고개를 돌려 보았다. 히로코는 가만히 눈만 깜빡거리고 있었다.

"딸자식에 전처의 어머니도 딸린 몸이지만……."

"나, 공부 봐주는 건 절대 못해. 요리도 못하고."

"그래도 쌀은 씻을 줄 알지?"

히로코는 어이없다는 듯 입을 크게 벌렸지만, 이윽고 "그 정도는 할 수 있지만." 하고는 깔깔깔 웃었다.

"자네랑 살 사람이잖은가? 자네가 좋다는 사람이면 나는 아무래도 상관없네."

잔뜩 긴장해서 재혼 이야기를 꺼냈을 때 장모는 관심 없다는 듯, 그러나 결코 불만도 없다는 듯 대답했다.

"남편 먼저 보내고, 좀 더 살아서 자식의 보살핌을 받다가 부처님 계신 곳으로 가는 게 여자가 할 일이라네. 미치코는 그걸 못 했으니까, 아내 자격이 없어. 그러니 자네가 새사람을 맞는다고 해서 나한테 미안해할 필요는 하나도 없네. 오히려 부모보다 먼저 저세상으로 가 버린 자식이 불효자지."

"저는 미치코를 아내 자격이 없다고 생각하지 않아요. 제게는 아까울 만큼 좋은 사람이었어요."

장모는 내 얼굴을 가까이서 들여다보더니, 불단 앞으로 가서 종을 한 번 울렸다.

"그런 말은 살아 있을 때 했어야지. 지금쯤 저세상에서 웃으려나."

잠시 후 장모가 갑자기 머리를 숙이며 "돈이 들겠지만, 나를 요양원에 보내 주었으면 좋겠네." 하고 진지하게 말하는 바람에, 나는 허둥지둥 말렸다.

"지금 무슨 소리 하시는 거예요? 타미코한테는 장모님이 필요해요."

"그래도 새사람이 싫어할 걸세. 전처의 장모를 좋아할 사람이 어디 있겠나?"

"그건 이미 이야기가 끝났어요. 그 사람이 당장 타미코를 돌보는 건 무리예요. 그러니까 장모님이 해 주셔야 할 일이 아직 많아요. 게다가…… 제게도 필요해요."

"필요하다고?"

"네. 제게도 아직 장모님이 필요해요."

장모는 공물로 올려놓은 음식 가운데 사과 하나를 집더니,

유쾌하다는 듯 웃고 나서 다시 원래대로 되돌려 놓았다. 그런 장모의 모습을 보기는 참으로 오랜만이었다.

"오늘 왜 이러나? 자네답지 않은 말만 하고. 대낮부터 술이라도 한잔했나?"

타미코가 주산 검정 시험을 보러 외출한 다음 일요일, 히로코가 집에 인사하러 왔다.

"자네처럼 어두운 남자한테는 저렇게 밝은 사람이 잘 어울리지. 다만 타미코한테는 알아듣게 잘 말해 두게."

장모는 그렇게 못 박듯 당부하는 것을 잊지 않았다.

"타미코는 자네를 닮아서 그런지 붙임성이 좀 부족한 편이야. 여자가 그러면 나중에 고생 좀 할 걸세."

장모는 그렇게 말하며 살짝 웃었다.

"뭐라고요?"

나는 머리를 긁적일 수밖에 없었다.

타미코에게 히로코 이야기를 꺼내기 전에 내게는 넘어야 할 관문이 하나 더 있었다.

"하나만 물어볼게, 괜찮지? 누나한테는 사실대로 말해야 돼."

"뭔데?"

"언제부터야? 설마 타미코 엄마가 살아 있을 때부터 만난 건 아니겠지?"

"그건 절대 아니야. 그때는 알지도 못했어."

장모는 맥이 빠질 만큼 선선히 재혼을 승낙했지만, 누나는 좀처럼 쉽지 않았다. 히로코를 만나고 나서는 호통치듯 목소리를 한껏 높이며 더 완강히 반대했다.

"저렇게 교양도 품위도 없는 사람일 거라고는 생각도 못 했어. 난 절대 허락 못 해! 정 같이 살겠다면 타미코는 우리 집으로 보내."

누나는 울부짖으며 코를 팽팽 풀어 댔다.

"타미코가 태어났을 때, 하느님이 내게 다시 딸을 보내 주셨다고 생각했어. 내가 얼마나 기뻐했는지 너도 잘 알잖아?"

"타미코는 누나의 죽은 딸 대용품이 아니야."

나의 이 한마디에 누나는 흥분해서 이성을 잃었다.

"나는 죽은 올케한테서 타미코를 잘 부탁한다는 말을 들은 사람이야! '남자들은 모르는 게 너무 많잖아요. 그러니까 형님, 타미코한테 무슨 일이 생기면 힘이 되어 주세요.' 그랬다고. 지금부터가 타미코한테는 무엇보다 중요한 시기야. 그런데 저런 여자가 집에 들어오면 타미코가 얼마나 딱해질지, 너는 그것도 모르니? 나는 죽어도 허락할 수 없어!"

내가 도망치듯 복도로 나가자, 쇼고가 "삼촌, 제법인데." 하며 싱글거렸다.

"그거군, 그거야. 얌전한 사람일수록 뭔가 해야 될 때는 과감하게 저지른다는, 바로 그거야."

나는 아르바이트하러 간다는 쇼고와 역까지 함께 걸었다.

"뭐, 앞날이 만만치 않을 것 같기는 하지만, 아무튼 잘해 보십쇼, 호색한님."

쇼고가 내 옆구리를 찌르며 한마디 덧붙였다.

"참, 파견 사원이라면서? 말하자면 사내 연애라는 거네?"

나는 그 질문에는 대답하지 않고, 담배를 꺼내 물며 주머니를 뒤졌다. 쇼고가 "여기." 하면서 자신의 라이터를 내밀었다. 그럴듯한 지포 라이터였다.

"뭐야? 너 아직 고등학생인 주제에 건방지기는."

"말은 잘하네. 엄마한테 들었는데, 삼촌 고등학교 때 화장실에서 담배 피우다 들켜서 정학당했다며? 촌스럽기는."

쇼고가 목울대가 울리는 소리로 킥킥거렸다.

"누나도 참, 왜 쓸데없는 소리를 하고 그래."

그때는 엄마도 돌아가신 뒤라 누나가 일하던 백화점의 쇼핑백을 들고 학교에 사과하러 갔다. 열 살도 넘게 차이가 나는 누나였기에, 성인이 되기 전까지 내게는 부모님 대신이었다. 미치코가 죽은 뒤에도 장모보다 젊은 만큼 타미코가 엄마처럼 여기며 상담할 수 있는 상대였다. 그러므로 이번 일도 여러모로 걱정돼서 그런다는 건 알았다.

"왜 그런지, 우리 엄마 요즘 아주 안달이 나신 것 같아. 날마다 타미코, 타미코, 그런다니까."

"너는 어떻게 생각하는데? 혹시 타미코가 네 여동생이 돼도 괜찮아?"

"나야 뭐, 아무래도 상관없어. 그런 거 별 의미도 없잖아? 나랑 타미코는 지금껏처럼 앞으로도 특별히 달라질 게 없어."

"그래. 하지만 타미코는 좋아할 수도 있겠지?"

"이제 와서 뭘 그렇게 약해지고 그래, 정신 차리세요."

쇼고가 또다시 웃으며 말했다.

"그래도 삼촌한테서 타미코를 뺏어 오는 건 반대야. 삼촌, 타미코 없으면 안 되잖아? 아무리 새 아내를 얻었다고 해도, 그것과는 또 다른 문제니까."

담배 연기를 내뿜는 쇼고의 옆모습이 어느새 다 큰 성인처럼 보였다.

히로코가 우리 집에서 생활하게 된 지 반년쯤 지났을 때부터 장모는 요양원에 들어가겠다는 말을 자주 꺼냈다. 그럴 때마다 나는 흘려들었는데, 마침내 "어디로 갈지도 결정했다네."라며 물러서지 않는 바람에 나도 더는 방법이 없었다.

"바닥에 걸레질을 못하게 될 정도가 되면 그때는 이 집을 나가겠다고, 전부터 그리 정해 놓고 있었다네. 이제 슬슬 죽을 곳을 찾아가야지."

"할머니, 아직 건강하신데, 왜 그렇게 불길한 말씀을 하시고 그래요? 제가 잘하는 건 없지만, 얼마나 의지하고 있는지 잘 아시잖아요."

히로코가 그렇게 말하자, "고맙지만 마음만으로 충분해." 하며 장모는 눈을 가늘게 떴다.

말을 들어 보니, 그 시설에서 누나의 지인이 일하는 모양이었다. 인기가 많은 곳이라 자리가 나기를 기다리는 상태였고, 그 사람이 나서 주어서 겨우 자리를 얻었다고 했다.

나는 누나에게 아무 말도 못 들은 상태였다. 결국 누나의 허락을 제대로 받지 못한 채 재혼을 결정한 뒤로, 진지하게 이야기를 나눠 본 적이 없었기 때문이다.

"그러니까 히로코 씨는 오지 말게. 아는 사람을 통해서 히데코 씨 귀에 들어가면, 또 무슨 일을 당할지 모르니까. 나까지 말려들면 성가셔."

"만나러 오지 말라니, 할머니는 제가 그렇게 싫으세요?"

히로코가 입을 뾰족 내밀었다.

"그런 게 아니야. 그러니까 어린애처럼 삐치지 말고."

장모는 히로코의 표정이 우스꽝스러웠는지 조금 웃었다.

"히로코 씨는 이 사람의 아내니까, 나까지 돌보려고 애쓸 것 없어. 이 집안의 일만 잘해 주면 돼. 부탁하네."

"그래도 너무 갑작스러워요. 타미코도 반대할 거예요."

"말이 나왔으니까 말인데, 타미코랑 히로코 씨는 아무리 애써도 진짜 부모 자식처럼은 되기 힘들 거야. 그렇다고 계속 이렇게 서로 외면하면서 무관심하게 지내면 안 돼. 한지붕 아래서 같은 밥을 먹는 사람들끼리 남 보듯 하면, 부처님께 죄송한 일이지."

온화한 얼굴로 말했지만, 노인 특유의 위엄이 있었다.

"내가 있으면 타미코는 나한테 착 달라붙어서 히로코 씨를 받아들이려 하지 않을 거야. 그러니까 우리 타미코, 두 사람한테 잘 부탁하네."

장모는 요양원으로 들어간 지 반년도 채 안 되어 세상을 떠났다.

법요가 끝나고 식사를 하기 위해 안쪽에 있는 다다미방으로 옮기자, 중심 화제는 단연 타미코의 진학이었다.

"대학은 도쿄로 간다면서?"

"잘됐네, 축하해."

"뭘 전공하는 거야?"

"교육학부예요."

"어머나, 그럼 학교 선생이 되는 거야?"

"그렇게 되면 좋겠지만, 요즘은 임용 고시가 너무 어려워서……."

친척들에게 둘러싸인 타미코가 부끄러워하며 대답하자, 감탄하는 소리들이 새어 나왔다.

"정말 훌륭하구나, 미치코 짱도 선생이었잖아."

"역시 영리한 건 엄마를 닮았나 보네."

"할머니도, 미치코 짱도 천국에서 기뻐하실 거야."

"그런 일을 겪고도 이렇게 똑 부러지게 잘 자랐어. 그 집에 살면서 힘든 일 많았지?"

"잘 참았어. 정말 장하다, 장해."

나를 비난하는 사람들의 시선을 느끼고, 나는 술을 마시는 척하며 그 자리에서 일어났다. 그러나 막상 어느 자리로 가야 할지 갈피를 잡지 못했다.

그때 나와 비슷한 연배의 낯선 남자가 말을 걸어왔다.

"저 아이가 새 부인이 낳은 아이인가 보군."

"네, 그렇습니다."

"잘됐군, 이번에는 남자아이라서."

히로코는 끝자리에 앉아서 흥미진진한 표정으로 밥상에 손을 뻗는 사쿠미를 말리느라 정신이 없었다. 타미코에 대한 이야기로 자리가 흥겨워진 한편, 친척들이 히로코와 사쿠미, 그리고 나에 대해서 이러쿵저러쿵하는 소리들이 또렷이 들려왔다. 그러나 다행히 이 남자에게는 그런 악의적인 태도가 느껴지지 않았다. 도대체 누구인지 아무리 생각해도 떠오르지 않았지만.

"타미코 짱이 저렇게 큰 걸 보니 참 대견하군. 가만 보면, 미치코 짱 젊었을 때를 쏙 빼닮았어. 참 오래 살고 볼 일이야."

남자는 얼굴이 새빨개져서 거나하게 취해 있었다. 표준어에 가까운 말을 쓰는 걸 보면 장모의 친척들 가운데서도 그리 가깝지 않은 사람인 듯싶었다. 나는 그렇게 짐작만 하면서 술을 따랐다.

"나, 과학 교사가 될까 해."

타미코가 '교육학부, 이과'라고 써넣은 진로 희망 조사서를 보여 주면서 그렇게 말했다. 고등학교 2학년 여름이 끝날 무렵이었다. 인문계 고등학교에 다니는 것치고는 지망 대학 결정이 너무 늦은 게 아닐까, 그렇게 애를 태우던 참이라 어쨌든 마음은 놓였다.

"네가 이과 계열을 마음에 두고 있다는 건 알았지만, 이학부나 뭐 그 비슷한 쪽이 아닐까 생각했어. 굳이 교육학부가 아니라도 교직은 이수할 수 있잖아?"

"그렇기는 해. 그래서 처음에는 이학부나 공학부로 할까 했는데."

"그래도 꼭 교사가 되고 싶다는 거야?"

"뭐, 꼭 그렇게 대단한 동기가 있는 것까지는 아니고. 과학 선생님이 돼서 합창부를 맡아보면 어떨까 싶어."

"그거야말로 충분한 동기인데 뭘. 그래서 역시 도쿄로 갈 생각인 거지?"

"응, 아빠도 대학은 도쿄에서 다녔잖아. 도쿄를 한번 경험해 보는 것도 나쁘지 않을 거라고 했고."

"어, 그랬지. 도쿄는 사람도, 물건도, 정보도 여기와는 비교가 안 될 만큼 많아. 그렇지만 선택지가 많은 만큼 좋은 일만 있는 것도 아니고, 가짜도 많이 섞여 있으니까, 모든 일을 스스로 끝까지 지켜보고 확인하는 게 중요해. 하기야 젊을 때 경험도 많이 하고, 실패도 겪어 봐야 세상을 보는 안목이 생기긴 하지. 그래, 나는 반대 안 해. 아무튼 열심히 해라."

"응, 그럴게. 그리고⋯⋯."

타미코가 다음 달부터 역 앞에 있는 입시 학원의 재학생 과정에 다니고 싶다며 안내 책자를 내밀었다. 강의가 끝나는 시각이 밤 9시라고 되어 있었다. 귀가가 늦어지는 것을 걱정했더니, "괜찮아, 요이치랑 같이 다닐 거니까." 하고 서슴없이 대답했다.

"요이치는? 그 아이도 물론 이과겠지?"

"응, 공부하고 싶은 분야는 공학부인데, 이학부에도 관심이 있나 봐. 그래서 3학년에 올라가기 전까지 학부를 선택하기로 했대. 학교는 도쿄대로 정했고. 머리가 무척 좋은 애라서 나랑은 차원이 달라."

타미코가 책자를 덮으며 웃었다.

목욕을 마치고 2층으로 올라갔더니, 타미코가 안경을 쓰고 방 창문으로 밖을 내다보고 있었다.

"오늘 고생 많았다."

"아빠도. 감당하기 힘들다니까, 친척 아줌마들은."

텅 빈 책장 옆에 입을 벌린 보스턴백이 놓여 있었다.

"짐은 다 쌌어? 이게 다야?"

"손에 들고 갈 건 이 가방뿐이야. 다른 건 그제 이삿짐센터 사람이 와서 벌써 포장해서 보냈잖아."

타미코가 미심쩍다는 얼굴로 쳐다보기에, "아 참, 그랬지." 하며 나도 창가로 다가가 옆에 나란히 섰다. 활짝 열어 놓은 창문으로 빨려 들어오는 3월의 차가운 밤공기가 목욕으로 달아오른 내 볼을 순식간에 얼게 만들었다.

"도쿄에서는 벌써 벚꽃이 피려 한다는 소식이 들리던데, 여기는 역시 '기타쿠니(北國)'답군."

"응, 도쿄는 졸업식 철이 딱 벚꽃 필 때라면서? 여기서 벚꽃은 입학식 때 피는 꽃으로 인식되어 있는데 말이야."

"거기 가면 이렇게 많은 별은 보기 힘들걸. 지금 보면 한동안은 못 보겠네."

"오늘이 신월이라서 이렇게 별이 보이는 거야. 초하루, 시작되는 날이네."

딸이 먼 길을 떠나기 전날 밤, 나도 세상의 평범한 아빠들처럼 당부해 두고 싶은 말 몇 가지가 목 언저리까지 차올랐다. 그 말을 옆에 있는 딸에게 어떻게 전해야 할까? 우리는 잠깐 말없이 밤하늘을 올려다보았다. 결국 나는 "참, 건강 조심하고."라는 상투적인 한마디로밖에 표현하지 못했다.

"그런 말을 왜 지금 해? 내일 같이 갈 거잖아. 아빠, 도쿄까지 따라갈 거 아니었어?"

타미코가 그런 말은 내일 해도 되는 거 아니냐며 씁쓸하게 웃었다. 내가 너무 겸연쩍어서 "그만 내려가 봐야겠다." 하고 창틀에서 손을 뗐을 때, 타미코가 밤하늘을 올려다보면서 조용히 말했다.

"세 살 버릇 여든까지 간다는 말 있잖아. 사쿠미한테는 지금이 가장 중요한 시기라는 거 알지? 아빠의 책임이 막중해."

멍하니 자신의 옆모습을 바라보는 내 시선을 느꼈는지, 타미코는 다시 얼굴을 돌려 나를 똑바로 보았다.

"히로코 씨는 조금 덜렁거리는 면은 있지만 중간에 내던지거나 포기할 사람은 아니니까, 사쿠미도 자신만의 방식으로 잘 키울 거라고 생각해. 하지만 오늘처럼 우리 친척들과의 관계나 사쿠미에게 이복 누나가 있다는 사실을 흥미로워하는 세상 사람들과 맞닥뜨리면, 어떻게 하기 힘들 거야. 그럴 때 히로코 씨와 사쿠미를 지켜 줄 수 있는 사람은 아빠밖에 없어. 아빠밖에 없다는 거 알지?"

그날의 미치코와 똑같았다. 미치코가 보여 준 능숙한 미소에는 미치지 못했지만, 타미코는 완전히 성숙한 여자의 얼굴을 하고 막힘없이 말했다.

"…… 그런 말은 내일 해도 되는 거 아니었어? 조금 전에 네가 그랬잖아."

나는 있는 힘을 다해 반문해 보았지만, 어쩌면 목소리가 떨렸을 것이다. 타미코는 "그러게, 그럼 이걸로 피장파장이네." 하고 웃었다.

"빨리 목욕이나 해."

나는 덜커덩거리는 문을 다소 거칠게 닫고 방에서 나왔다. 밤바람에 얼얼해졌던 얼굴이 그새 다시 뜨거워졌다. 놀란 마음을 주체하지 못해 몸까지 휘청거렸다. 나는 삐걱대는 계단을 내려와서 부엌 의자에 걸터앉았다.

캔 맥주를 따는 소리를 들었는지, 히로코가 식탁에 잔을 올려놓았다.

"내일 저녁 먹을 때, 타미코가 없으면 사쿠미 엄청 울 텐데. 왠지 허전하네."

히로코가 내 얼굴을 들여다보기에, 나는 남은 맥주를 단숨에 들이켜고 빈 캔을 그냥 놔둔 채 일어났다. 막 자리에 앉은 히로코가 빈 잔 두 개를 앞에 놓고 눈을 깜빡거렸다.

침실로 들어가려는 내 시야에 무심코 다다미방의 장지문이 날아들었다. 나는 그 방으로 들어가 오랜만에 불단 앞에 앉았다. 미치코와 장모의 영전에 "타미코가 내일 도쿄로 갑니다."라고 보고한 뒤 가볍게 머리를 숙였다. 방에는 요이치가 들고 온 백합꽃 향기가 은은하게 감돌았다.

요이치는 보기 좋게 도쿄대에 합격하여 3일 전에 먼저 이 도시를 떠났다. 상경하기 전날, 7주기에 참석하지 못하는 대신에 왔다며 자기 엄마와 함께 불단 앞에 섰다.

"그럼 타미, 나 먼저 도쿄에 가 있을게."

나는 현관 앞에서 요이치와 타미코가 나란히 서 있는 모습을 보고 감정이 복받쳤다. 아직은 젊은 둘의 관계가 앞으로 어떻게 변하게 될지는 알 수 없는 일이다. 그러나 설령 나중에 헤어지는 일이 생긴다 하더라도, 이 아이들이 미치코나 장모와 함께 보낸 소중한 시간만큼은 결코 잊지 않았으면 좋겠다는 생각이 들었다. 어린 시절에 맺어진 그 관계의 끈만은 평생 끊어지지 않았으면 좋겠다고.

다다미방 벽에는 타미코가 받은 상장과 사진 들이 나란히 걸려 있다. 주산 검정 시험의 합격 증서는 급수가 올라갈 때마다 장모가 얼굴에 웃음을 가득 띠고 액자에 넣었던 것이다. 합창 대회는 단체전이라 개인에게 상장을 나눠 주지는 않았지만 대신 커다란 사진을 받았다.

타미코는 고등학교에 들어가서도 합창부 활동을 계속했고, 2학년 때는 결국 전국 대회까지 진출했다. 나는 본사로 출장 가는 날짜를 억지로 꿰맞춰서 도쿄의 음악 홀로 발걸음을 옮기기도 했다.

"아빠가 보러 와 줄 거라고는 꿈에도 생각 못 했어. 처음이 잖아."

"뭐……, 전국 대회니까. 좀처럼 오기 힘든 기회고…….."

사실은 그 전에 타미코가 중학교 3학년일 때도 몰래 합창

콩쿠르를 보러 가기는 했다.

해마다 여름 방학이면 타미코는 아침부터 밤까지 동아리 활동에 전념했고, 그 일로 자주 나와 말다툼을 했다. 고등학교 입시를 앞둔 여름에는 내가 심한 말을 하기도 했다. 도대체 생각이 있느냐, 기껏 동아리 활동에 그렇게 시간을 낭비할 가치가 어디 있느냐, 중학생 때 그런 일을 열심히 해 봤자 어른이 되고 나면 아무 소용도 없다, 아빠는 육상부에서 매일 트랙을 달렸지만, 결국 운동선수가 되지 않았고, 될 수도 없었고, 되려 하지도 않았다고, 그렇게 주장했다.

"어머, 자네 아닌가?"

구민 회관 로비에서 프로그램을 펼쳐 보고 있을 때 히로코의 어머니와 딱 마주쳤다.

"일부러 보러 오신 거예요?"

"이게 마지막 대회잖은가! 토호쿠 대회 진출 여부가 걸린 대회이기도 하고. 자네도 오늘은 일이 손에 안 잡혔지?"

"아니, 그게 아니고, 마지막 대회니까 한 번 정도는 봐 두는 게 어떨까 싶어서요."

"설마, 그게 정말인가? 그럼 지금까지 한 번도 본 적이 없다는 얘기야?"

"네, 뭐……."

"그게 어찌 된 일인가? 나도 해마다 보러 오는데."

"네? 정말요?"

"그거야 뭐, 어쨌든 우리 집에서 여기까지 걸어서 5분밖에 안 걸리니까."

두 학교의 공연이 끝나고, 타미코네 학교가 무대에 설 차례였다. 지정곡이 시작되자마자 내 몸이 나도 모르게 앞으로 쏠렸다. 합창에는 전혀 문외한이었지만, 앞서 부른 두 학교와 명백히 수준이 다르다는 것 정도는 알 수 있었다. 팔이 안으로 굽는다고, 두둔하려는 게 아니다. 타미코네 학교 합창부에서는 평가를 받아야만 하는 경기에 참가한 팀으로서 진지하게 승부하려는 정신과 절실함, 긴장감이 느껴졌다. 그런 점에서 앞선 팀들과 비교가 안 되었다. 노래가 끝난 뒤 객석에서 울리는 박수 소리도 좀처럼 그칠 줄 몰랐다.

나는 타미코가 진심으로 현 1위를 노리고 있었다는 사실을 알고 깜짝 놀랐다. 그때 옆에서 "어때? 보러 오기를 잘했지?" 하며 히로코의 어머니가 내 옆구리를 찔렀다.

대회장을 나와 둘이 이른 점심을 먹기로 했다. 초밥집 이야기가 떠올랐지만, 공교롭게도 월급날 전이라 근처에 있는 '앉아서 먹는' 메밀국수집으로 들어갔다.

"사위랑 데이트했다고, 가게 사람들한테 자랑해야지."

나는 들떠 있는 히로코의 어머니와 마주 앉아 튀김 메밀국수 세트를 먹었다.

"멜로디에서 다음 멜로디로 넘어가는 그 부분을 처리하는 게 아주 자연스러웠지? 그 짧은 틈에 여운을 남긴다고 할까?

다른 학교 애들이랑은 전혀 차원이 다르더라고."

"예전에 합창하셨어요?"

"나? 설마! 나는 가게에 있는 가라오케밖에 몰라."

히로코의 어머니는 그렇게 말하며 키득키득 웃었다. 그런 점이 딸과 똑같았다.

"가라오케랑 같은 취급을 하려니 타미 짱님한테는 조금 미안한데, 노래를 못하는 손님들은 중간에 숨을 들이쉬어야 하는 바로 그 지점에서 잘 안 되거든. 반드시 쉬었다가 다음 소절로 넘어가야 되는데, 거기서 자기도 모르게 음을 마구 끌어 버리는 거야. 쓸데없이 음을 늘이니까 리듬도 어긋나고."

"아, 그런 거군요."

히로코의 어머니는 나중에 타미코를 만났을 때 멜로디의 휴지부에 감돌던 여운의 비결을 물었다.

"단순히 숨을 살짝 들이쉬기만 하면 되는 게 아니라, 휴지부도 음부라는 느낌으로 중요하게 여기면서 부르는 거예요."

타미코가 그렇게 대답하자, 히로코의 어머니는 손뼉을 치며 외쳤다.

"우아, 멋있어! 과연 타미 짱님이야! 휴지부도 음부라, 그거 나도 가게에서 써먹어야지."

히로코의 어머니가 그렇게 말하며 갑자기 타미코를 껴안았고, 타미코는 깜짝 놀라는 듯했다. 아직 히로코와 타미코가 지금처럼 속마음을 터놓고 지낼 때가 아니었던 때라, 옆에서 자기 엄마의 행동을 지켜보던 히로코가 안절부절못했다.

꼬마전구의 불안한 오렌지색 불빛이 감도는 어슴푸레한 침실에서, 사쿠미는 새근새근 숨소리를 내며 잠들었다. 이불을 다시 덮어 주자, 사쿠미는 살짝 뒤척이다 눈을 가늘게 뜨고 나를 올려다보았다. 나는 이마를 덮은 앞머리를 쓸어 주었다. 밤색을 띤 가는 머리카락은 히로코에게 물려받은 듯했다. 그럼 얼굴은? 누구를 닮았는지 잘 모르겠다.

"입매가 타미 짱님이랑 똑같네."

히로코의 어머니가 그렇게 말했으니, 역시 나를 닮은 데도 있을 것이다.

단 한 번도 쉬지 않고 기울었다 차오르기를 되풀이하는 달. 타미코는 어떤 마음으로 남동생에게 그런 이름을 지어 주었을까? 사랑하는 엄마를 잃었고, 엄격하고도 자상하게 자신을 키워 준 할머니마저 떠나보낸 뒤, 갑자기 아빠의 재혼 상대라며 생면부지의 여자가 나타났다. 게다가 이복동생까지 생겼다.

미치코가 자신의 병을 받아들였던 것처럼, 분명 타미코 역시 그런 현실을 다 받아들이려고 끊임없이 필사적으로 애썼을 것이다.

"당신은 혼자서는 못 살 거야."

"지켜 줄 수 있는 사람은 아빠밖에 없어."

사쿠미는 그날 이 방에서 생명의 불꽃을 다한 미치코의 불확실한 호흡과는 전혀 다르게, 아주 규칙적이고 건강한 호흡을 계속하고 있다. 이렇게 작은 몸 안에도 어른인 나와 다름없이 살아가는 데 필요한 모든 생명 장치들이 움직이고 있다는 사실. 나는 그 신비로움에 가슴속에서 무언가 끓어오르는 것을 느꼈다. 너무 작아서 장난감 같기만 한 사쿠미의 손을 가만히 쥐어 보았다.

"그래, 우리 집에는 아이가 또 한 명 있지. 허전해할 여유 같은 건 없겠네."

그때 사쿠미가 무의식적으로 내 집게손가락을 꼭 잡았다. 두근거리는 내 심장 소리가 사쿠미의 손가락을 통해 울렸다. 아이를 잉태한 엄마가 자신의 몸 안에 또 하나의 심장 소리를 품는 느낌이 바로 이런 걸까? 지금 사쿠미의 몸이 내 심장과 직접 맞닿아 있다고 생각하자, 고요하지만 확실한 기쁨이 내 안에서 끓어올랐다.

오늘은 초하루. 내가 아빠로서 또 다른 시작을 하는 날이다. 사쿠미의 작은 주먹을 보면서, 나는 내일 길을 떠나는 타미코에게 어떤 말을 해 주어야 할지 생각했다.

타미코에게

안녕, 타미코. 지금쯤 너는 대학생이 되어 도쿄에서 새로운 생활을 하고 있을까?

《달의 노래》를 우리말로 옮기면서 나는 너를 만났고, 네가 초등학생일 때부터 대학생이 될 때까지 성장하는 모습을 지켜보았단다. 너라는 아이는 어쩌면 그렇게 생각이 깊고 어른스러운지, 세상에 이런 아이가 있을까 싶을 만큼 깜짝 놀랐어. 그리고 너의 이야기를 들으면서 네가 그렇게 마음이 깊어질 수밖에 없었던 이유를 이해하게 되었지. 물론 엄마, 아빠의 유전자를 물려받은 만큼 너의 곧고 단단한 심성은 타고난 것이기도 할 거야. 하지만 조금 아픈 정도인 줄만 알았던 엄마가 어느 날 암으로 돌아가셨을 때, 너는 아무 말도 해 주지 않은 엄마를 원망했지. 어린 너는 투정을 부리거나 제대로 슬퍼하지도 못하고 안으로 삭이면서 성숙한 아이로 자랐어. 엄마가 돌아가신 지 2년 만에 젊은 새엄마를 맞이한 아빠에 대한 미움도 한몫했으리라 짐작해. 살림에 전혀 소질이 없는 철없는 새엄마, 오히려 외할머니에게 많은 것을 배운 네가 '사람 입에 들어가는 음식의 소중함'을 새엄마에게 일깨워 주기도 했지.

그런데 타미코, 너처럼 반듯하고 진지한 아이가 어쩌면 히로코 씨처럼 밝고 순진한 새엄마를 만나서 숨통이 트였던 건 아닐까 싶은 생각도 든단다. 그건 네 아빠도 마찬가지고. 너와 히로코 씨가 나누는 대화를 듣고 있다 보면 엄마와 딸이 뒤바뀐 것 같아서 어이가 없으면서도 아주 재미있어서 얼마나 웃었는지 몰라. 타미코 못지않게 새엄마 히로코 씨도 멋진 여자임이 분명해.

너는 일찍 엄마를 잃었지만, 좋은 사람들의 관심과 사랑을 받고 자란 행복한 아이라는 생각이 드는구나. 그리고 별 탈 없이 잘 커서 어엿한 대학생이 되었지. 앞으로 과학 교사가 되어 합창부를 맡고 싶다고 했지? 그 꿈, 꼭 이룰 수 있도록 나도 응원할게.

사실 내 딸도 올해 고3이 되었단다. 낙천적인 아이라서 공부에 대한 스트레스를 별로 받지 않을 거라고 생각했는데, 그래도 본인이 느끼는 중압감이 큰가 봐. 당연히 그렇겠지? 그런데 내가 요즘 딸에게 더 스트레스를 주고 있어.

지금까지 나는 나 스스로를 '열린 마음으로 젊은 세대를 이해하는 엄마'라고 생각하며 살아 왔는데, 어쩌면 내가 점점 고지식하기만 한 어른이 되어 가는 게 아닐까, 깊이 반성했어. 머리로는 아이가 원하는 일, 하고 싶어 하는 일에 맞춰서 전공을 선택하고 대학에 진학하면 된다고 생각하면서도, 실제로 딸아이와 진로에 대한 이야기를 나누다 보면 그렇게 되지 않더라고. 아이가 하고 싶어 하는 일을 충분히 이해하고 받아들이지 못하고, 자꾸 내 입장에서 딸아이를 설득하려는 나를 발견하곤 해.

그런데 이제는 그러지 말아야겠다고 다짐했어. 결국 자신이 좋아하고, 재미를 느끼고, 하고 싶어 하는 일을 하고 사는 게 행복한 거잖아, 그치? 어른들은 자신이 살아온 인생에 비추어서 아이에게 이것저것 조언해 주고 싶어 하지만, 삶이란 본인이 직접 겪어 보지 않고는 모르는 거야. 선택한 만큼 그 책임을 지는 것도 자신의 몫이고. 그래서 이제는 딴죽 걸지 않고 믿어 주고 응원하기로 했단다. 딸이 가고 싶어 하는 길을 흔들림 없이 가도록. 힘들겠지만 꿋꿋하게 이겨 내서 원하는 일을 하면서 살아갈 기반을 만들 수 있도록.

타미코, 너도 먼저 그 길을 간 선배로서 후배들을 응원해 주렴, 부탁해!

김미영 씀

■ 시공 청소년 문학 ■ 중·고등학생 이상 권장 도서

안데스의 비밀 앤 놀란 클라크 지음 | 공경희 옮김 | 188쪽 | 7,500원
뉴베리 상 수상·책교실 추천 도서·경기도교육청 추천 도서·서울시교육청 전자도서관 추천 도서

열네 살, 그 여름의 이야기 마르티나 빌드너 지음 | 문성원 옮김 | 312쪽 | 8,500원
페터 헤르틀링 상 수상·책교실 추천 도서·경기도교육청 추천 도서·서울시교육청 전자도서관 추천 도서

빛은 어떤 맛이 나는지 프리드리히 아니 지음 | 이유림 옮김 | 300쪽 | 8,500원 | 아침독서운동 추천 도서

비밀의 시간 마르야레나 렘브케 지음 | 김영진 옮김 | 168쪽 | 7,500원
오스트리아 아동청소년 문학상 명예 도서·어린이도서연구회 권장 도서

돌이 아직 새였을 때 마르야레나 렘브케 지음 | 김영진 옮김 | 132쪽 | 7,500원
오스트리아 아동청소년 문학상 수상·한우리 권장 도서·아침독서운동 추천 도서·청소년출판협의회 추천 도서

함메르페스트로 가는 길 마르야레나 렘브케 지음 | 김영진 옮김 | 204쪽 | 7,500원
한국간행물윤리위원회 청소년 권장 도서·아침독서운동 추천 도서
어린이도서연구회 권장 도서·전국학교도서관담당교사모임 추천 도서

난 버디가 아니라 버드야! 크리스토퍼 폴 커티스 지음 | 이숙숙 옮김 | 304쪽 | 8,500원
뉴베리 상 수상·전국학교도서관담당교사모임 추천 도서·경기도교육청 추천 도서
서울시교육청 전자도서관 추천 도서·코레타 스콧 킹 상 수상

차가운 물 요아힘 프리드리히 지음 | 김영진 옮김 | 448쪽 | 9,500원 | 독일 아동청소년 문학상 추리 부문 수상 작가

검정새 연못의 마녀 엘리자베스 조지 스피어 지음 | 이주희 옮김 | 348쪽 | 8,500원
뉴베리 상 수상·어린이도서연구회 권장 도서·경기도교육청 추천 도서·서울시교육청 전자도서관 추천 도서

드럼, 소녀 & 위험한 파이 조단 소넨블릭 지음 | 김영선 옮김 | 288쪽 | 8,500원
아침독서운동 추천 도서·책따세 추천 도서·전국학교도서관담당교사모임 추천 도서·경기도교육청 추천 도서
서울시교육청 전자도서관 추천 도서·한우리 권장 도서

푸른 눈의 인디언 전사 타탕카 버질 포츠 지음 | 임정희 옮김 | 536쪽 | 10,000원
부산시교육청 청소년 독서능력 경진대회 선정 도서·경기도교육청 추천 도서·서울시교육청 전자도서관 추천 도서

마지막 재즈 콘서트 조단 소넨블릭 지음 | 김영선 옮김 | 288쪽 | 8,500원 | 한국출판인회의 선정 도서
어린이도서연구회 권장 도서·경기도교육청 추천 도서·서울시교육청 전자도서관 추천 도서

황금나무 박윤규 지음 | 116쪽 | 7,000원

킬리만자로에서, 안녕 이옥수 지음 | 232쪽 | 8,000원 | 서울시교육청 전자도서관 추천 도서
어린이문화진흥회 선정 도서·대한출판문화협회 선정 도서·아침독서운동 추천 도서
전국학교도서관담당교사모임 추천 도서·국립어린이청소년도서관 사서 추천 도서·경기도교육청 추천 도서

왓슨 가족, 버밍햄에 가다 크리스토퍼 폴 커티스 지음 | 정회성 옮김 | 320쪽 | 8,500원
뉴베리 아너 상 수상·코레타 스콧 킹 아너 상 수상·골든 카이트 상 수상
퍼블리셔스 위클리 최고의 책·청소년출판협의회 추천 도서·전국학교도서관담당교사모임 추천 도서
미국도서관협회(ALA) 청소년을 위한 최고의 책·경기도교육청 추천 도서·서울시교육청 전자도서관 추천 도서

햇불을 든 사람들 로즈마리 서트클리프 지음 | 공경희 옮김 | 420쪽 | 9,500원
카네기 상 수상·어린이문화진흥회 선정 도서

하늘에 던지는 외침 구마가이 다쓰야 지음 | 권남희 옮김 | 372쪽 | 9,000원
어린이문화진흥회 선정 도서·아침독서운동 추천 도서·어린이도서연구회 권장 도서

열일곱 살 아빠 마거릿 비처드 지음 | 햇살과나무꾼 옮김 | 256쪽 | 8,000원 | 전국학교도서관담당교사모임 추천 도서
북새통 우수 도서 · 어린이문화진흥회 선정 도서 · 아침독서운동 추천 도서 · 어린이도서연구회 권장 도서
미국도서관협회(ALA) 청소년을 위한 최고의 책 · 스쿨 라이브러리 저널 올해 최고의 책

키스 재클린 윌슨 지음 | 닉 샤랫 그림 | 이주희 옮김 | 440쪽 | 10,500원
학교도서관저널 추천 도서 · 경기도교육청 추천 도서 · 서울시교육청 전자도서관 추천 도서

발차기 이상권 지음 | 172쪽 | 8,000원 | 책따세 추천 도서 · 국립어린이청소년도서관 사서 추천 도서
문화체육관광부 우수교양도서 · 전국독서새물결모임 선정 도서 · 학교도서관저널 추천 도서
전국학교도서관담당교사모임 추천 도서

완벽하게 행복한 날 앤 파인 지음 | 이주희 옮김 | 232쪽 | 8,000원
전국학교도서관담당교사모임 추천 도서 · 한우리 권장 도서

행복한 롤라 로즈 재클린 윌슨 지음 | 닉 샤랫 그림 | 이은선 옮김 | 392쪽 | 9,500원 | 아침독서운동 추천 도서

구라짱 이명랑 지음 | 280쪽 | 9,000원
전국학교도서관담당교사모임 추천 도서 · 학교도서관저널 추천 도서 · 2015 서귀포 시민의 책 선정 도서
어린이도서연구회 권장 도서 · 경기도교육청 추천 도서 · 서울시교육청 전자도서관 추천 도서

정상에 오르기 3미터 전 롤랜드 스미스 지음 | 김민석 옮김 | 384쪽 | 9,000원 | 학교도서관저널 추천 도서
미국도서관협회(ALA) 선정 최우수 청소년 도서 · 전국학교도서관담당교사모임 추천 도서
어린이도서연구회 권장 도서 · 북리스트 편집자 상 수상 · 전미 아웃도어 상 수상

제레미 핑크, 비밀 상자를 열어라! 웬디 매스 지음 | 모난돌 옮김 | 448쪽 | 9,500원
어린이문화진흥회 선정 도서

우리 모두 별이야 웬디 매스 지음 | 장현주 옮김 | 408쪽 | 9,000원
한국간행물윤리위원회 청소년 권장 도서 · 학교도서관저널 추천 도서 · 한우리 권장 도서
아침독서운동 추천 도서 · 어린이도서연구회 권장 도서 · 어린이문화진흥회 선정 도서
미국 청소년도서협회 선정 우수 도서 · 경기도교육청 추천 도서 · 서울시교육청 전자도서관 추천 도서

껍질을 벗겨라! 조앤 바우어 지음 | 이주희 옮김 | 348쪽 | 9,000원 · 아침독서운동 추천 도서
학교도서관저널 추천 도서 · 어린이문화진흥회 선정 도서 · 미국도서관협회(ALA) 청소년을 위한 최고의 책
한우리 권장 도서

마루 밑 캐티 아펠트 지음 | 데이비드 스몰 그림 | 박수현 옮김 | 396쪽 | 9,500원
뉴베리 아너 상 수상 · 전미 도서상 최종 후보작 · 미국도서관협회(ALA) 선정 '주목할 만한 책'
북리스트 선정 '청소년을 위한 책' · 대한출판문화협회 선정 도서 · 경기도교육청 추천 도서
서울시교육청 전자도서관 추천 도서 · 한우리 권장 도서

반딧불이 핑퐁 조준호 지음 | 180쪽 | 8,500원
어린이문화진흥회 선정 도서 · 아침독서운동 추천 도서 · 학교도서관사서협의회 추천 도서 · 한우리 권장 도서

폴리스맨, 학교로 출동! 이명랑 지음 | 256쪽 | 9,000원
《무비위크》 선정 '충무로가 탐내는 책' · 책읽는사회문화재단 우수문학도서
한우리 권장 도서 · 경기도교육청 추천 도서 · 서울시교육청 전자도서관 추천 도서

몽키맨을 아니? 도리 힐레스타드 버틀러 지음 | 장미란 옮김 | 280쪽 | 8,500원
마크 트웨인 상 수상 · 샬롯 상 수상 · 아이오와 어린이 초이스 상 수상 · 스콜라스틱 북 클럽 선정 도서
캔자스 주 선정 '최고의 책' · 펜실베이니아 주 선정 '청소년 베스트 책'
아침햇살 추천 도서 · 한우리 권장 도서 · 경기도교육청 추천 도서 · 서울시교육청 전자도서관 추천 도서

몽키맨을 알고 있어! 도리 힐레스타드 버틀러 지음 | 장미란 옮김 | 280쪽 | 8,500원 | 한우리 권장 도서

2시간 17분 슈퍼스타 가제노 우시오 지음 | 김미영 옮김 | 320쪽 | 9,500원
어린이문화진흥회 선정 도서 · 학교도서관저널 추천 도서

차마 말할 수 없는 이야기 카롤린 필립스 지음 | 김영진 옮김 | 216쪽 | 8,500원
2011 오스트리아 아동청소년 도서상 수상 · 어린이도서연구회 권장 도서

재회 시게마쓰 기요시 지음 | 김미영 옮김 | 424쪽 | 9,500원 | 어린이문화진흥회 선정 도서
경기도교육청 추천 도서 · 서울시교육청 전자도서관 추천 도서 · 나오키 상 수상 작가 · 병영도서관 추천 도서

독수리 군기를 찾아 로즈마리 서트클리프 지음 | 김민석 옮김 | 440쪽 | 10,000원
아침햇살 추천 도서 · 위즈키즈 선정 '이달의 책' · 카네기 상 수상 작가

라디오에서 토끼가 뛰어나오다 남상순 지음 | 168쪽 | 8,500원 | 경기도교육청 추천 도서
2011 경기문화재단 우수예술프로젝트 선정 사업 수혜작 · 평화방송 추천 도서
고래가숨쉬는도서관 추천 도서 · 책읽는사회문화재단 우수문학도서 · 서울시교육청 전자도서관 추천 도서

이름을 훔치는 페퍼 루 제럴딘 머코크런 지음 | 조동섭 옮김 | 344쪽 | 9,500원
카네기 상 수상 작가 · 휘트브레드 아동문학상 수상 작가 · 2011 카네기 상 후보작
한국간행물윤리위원회 청소년 권장 도서 · 경기도교육청 추천 도서 · 서울시교육청 전자도서관 추천 도서

달의 노래 호다카 아키라 지음 | 김미영 옮김 | 224쪽 | 9,000원
'포플라사 소설 대상' 우수상 수상 · 학교도서관저널 추천 도서 · 어린이도서연구회 권장 도서

충분히 아름다운 너에게 쉰네 순 뢰에스 지음 | 손화수 옮김 | 240쪽 | 8,500원
브라게문학상 수상 작가 · 국립중앙도서관 사서 추천 도서 · 국립어린이청소년도서관 사서 추천 도서

너를 위한 50마일 조단 소넨블릭 지음 | 김영선 옮김 | 288쪽 | 9,000원
한국간행물윤리위원회 청소년 권장 도서 · 아침독서운동 추천 도서

개념전(傳) 박상률 지음 | 176쪽 | 9,000원
아침독서운동 추천 도서 · 전국독서새물결모임 선정 도서 · 한우리 권장 도서 · 병영도서관 추천 도서

마녀를 꿈꾸다 이상권 지음 | 272쪽 | 9,000원 | 고래가숨쉬는도서관 추천 도서
아침독서운동 추천 도서 · 전국독서새물결모임 선정 도서

사자의 꿈 최유정 지음 | 212쪽 | 8,500원 | 책읽는사회문화재단 우수문학도서 · 고래가숨쉬는도서관 추천 도서

인간 합격 데드라인 남상순 지음 | 216쪽 | 8,500원 | 책읽는사회문화재단 우수문학도서
아침독서운동 추천 도서 · 고래가숨쉬는도서관 추천 도서

우리는 고시촌에 산다 문부일 지음 | 188쪽 | 8,500원 | 서울문화재단 예술창작지원금 수혜작
아침독서운동 추천 도서 · 책읽는사회문화재단 우수문학도서

빨간 지붕의 나나 선자은 지음 | 252쪽 | 9,000원
세종도서 문학나눔 선정 도서 · KBS 한국어능력시험 선정 도서

광인 수술 보고서 송미경 지음 | 132쪽 | 8,000원
한국출판문화상 수상 작가 · 열린어린이 추천 도서

짝퉁샘과 시바클럽 한정영 지음 | 256쪽 | 9,500원
아침독서운동 추천 도서 · 대구 영남일보 독서감상문대회 선정 도서

뺑덕의 눈물 정해왕 지음 | 212쪽 | 10,000원
대한민국 스토리 공모대전 우수상 수상 · 대구 영남일보 독서감상문대회 선정 도서

*시공 청소년 문학은 계속 출간됩니다.